Bettina Göschl
Klaus-Peter Wolf

Illustriert von
Franziska Harvey

JUMBO

10. Auflage 2024

Text: Bettina Göschl, Klaus-Peter Wolf
Illustrationen: Franziska Harvey
Lektorat: Julia Stefanie Kress
Grafische Bearbeitung: Katrin Wahl
Druck: FINIDR, s.r.o., Lípová 1965, 737 01 Český Tešín
Tschechische Republik
ISBN: 978-3-8337-3597-4
Das gleichnamige Hörbuch, gesprochen von Robert Missler,
ist im JUMBO Verlag erschienen (ISBN 978-3-8337-3613-1).

www.jumboverlag.de

Bettina Göschl
Klaus-Peter Wolf

Die Nordseedetektive

Fahrraddieben auf der Spur

Illustriert von
Franziska Harvey

JUMBO

Familie Janssen

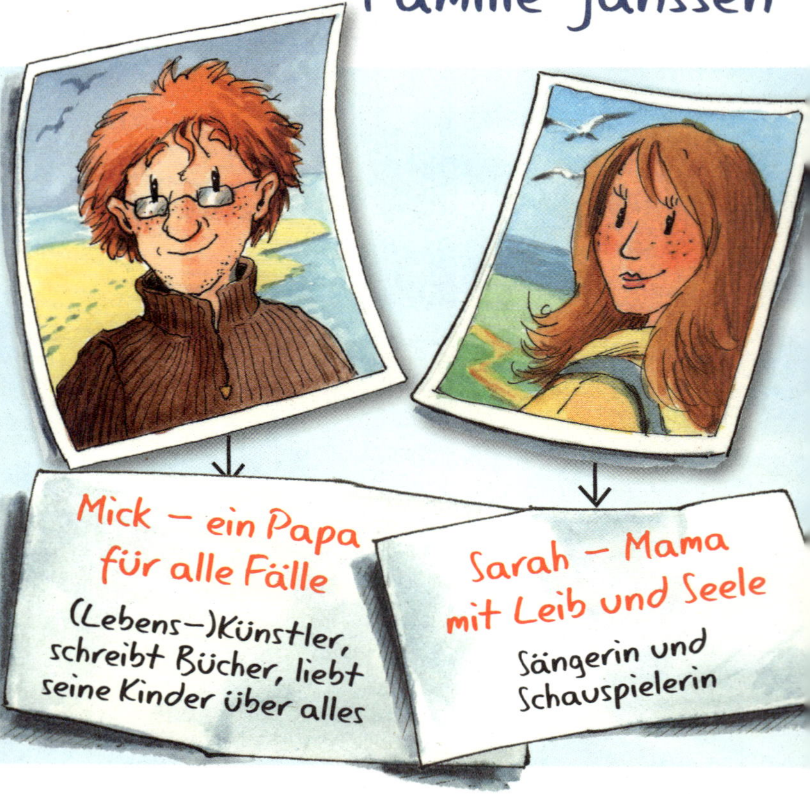

Mick – ein Papa für alle Fälle
(Lebens–)Künstler, schreibt Bücher, liebt seine Kinder über alles
Sarah – Mama mit Leib und Seele
Sängerin und Schauspielerin

Fernrohr, Taschenlampe, Dietriche

Lupe

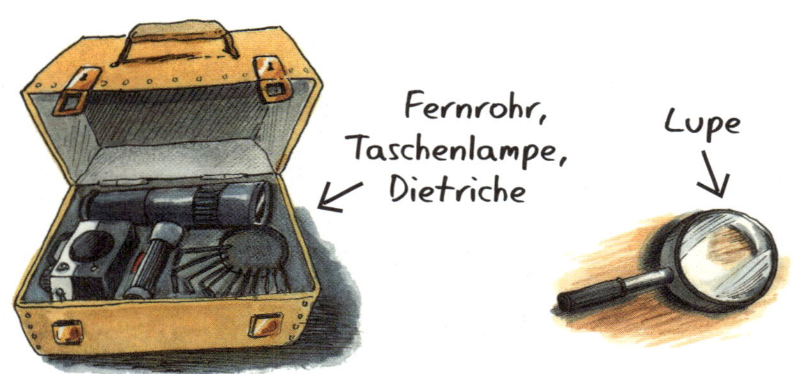

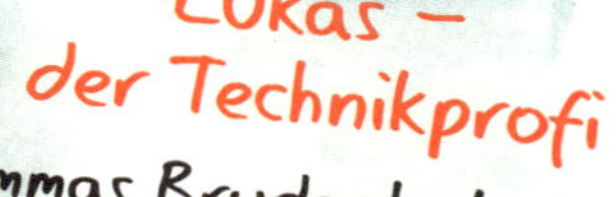

Lukas – der Technikprofi

Emmas Bruder hat nicht nur für Digitalkameras ein gutes Händchen.

Emma – die Clevere

Der rote Wuschelkopf ist voller guter Ideen!

Wichtige Detektiv-Utensilien

Kamera mit Objektiv

Großonkel Janssens Handbuch

1. Kapitel

Der alte, rote Jaguar stand vor der Villa Janssen. Mick war schweißgebadet. Er versuchte Emmas Fahrrad auf dem Dachträger zu befestigen. Seine Frau Sarah sah nervös auf ihre Armbanduhr.
„Die Fähre in Bensersiel wartet nicht auf uns, Mick!“
„Ich habe es gleich geschafft!“, antwortete er betont fröhlich.
Der feuchtheiße Tag machte Familie Janssen zu schaffen. Nicht einmal hier in der Tunnelstraße am Deich wehte Wind. Die Luft stand und es war schwül. Das war ungewöhnlich für Ostfriesland. Umso mehr freuten sich die Janssens auf

ihren Urlaub auf Langeoog. Alle hofften, dass es auf der ostfriesischen Insel ein paar Grad kühler war und am Meer eine frische Brise wehte.
Schweißtropfen rannen Micks Rücken hinunter. Sein T-Shirt war klatschnass.
Emma trug ihre Reisetasche zum Auto und versuchte ihren Papa aufzumuntern: „Das machst du ganz toll!“
Lukas war sich da nicht so sicher. „Na ja, der Fahrradträger sieht nicht so aus, als ob er lange halten würde“, bemerkte er.

„Ach was! Das Ding sitzt wie angegossen“, lobte Mick sich selbst. „Hab ich schließlich auch selbst zusammengeschweißt.“
Lukas kicherte. „Meinst du wirklich?“
Mick nahm das Rad, das sein Sohn ihm entgegenstreckte, und nickte ihm stolz zu. „Aber klar doch, mein Junge.“

„Sag mal, Papa, ist so ein Jaguar mit Fahrrädern oben drauf nicht irgendwie peinlich?“, fragte Lukas vorsichtig.
Sarah Janssen steckte die Reiseunterlagen in ihre Handtasche und verzog den Mund: „Mir ist so ein Protzauto sowieso oberpeinlich.“
Mick stöhnte: „Nun macht es mir doch nicht so schwer. Ich hab den Wagen ja nicht gekauft, sondern von meinem Großonkel Theodor C. Janssen geerbt.“
„Zusammen mit einer ganzen Detektei“, ergänzte Sarah. „Ich glaube, dein Onkel war ein ziemlich komischer Vogel.“
Lukas verstaute seinen Rucksack im Auto. „Also ich hätte Großonkel Theo total gerne kennengelernt. War bestimmt ein cooler Typ.“
Lukas schwitzte so sehr, dass seine Brille von der Nase rutschte. Mit einem Finger schob er sie wieder nach oben. Der Dachgepäckträger quietschte verdächtig, als Mick nun Emmas Rad festzurrte.
„Sollen wir nicht besser mit dem Spezial-Detektivbus fahren, Papa?“, fragte Lukas

und zwinkerte seiner Schwester zu. Die war begeistert. „Super Idee! Dann können wir ja mit dem Bus nach Langeoog fahren und alle darin übernachten. Das ist sowieso viel schöner. In eine Ferienwohnung kann ja jeder."
Lukas hob den Daumen. „Jo, und im Bus können wir sogar kochen!"
Sarah Janssen schüttelte den Kopf und lachte: „Ihr zwei Superspürnasen habt etwas ganz Wichtiges übersehen: Langeoog ist eine autofreie Insel, also ideal für unseren Fahrradurlaub."
Mick Janssen guckte über das Autodach zu seinen Kindern und sagte: „Außerdem kann mich der blöde Detektivbus sowieso nicht leiden."
Lukas grinste. „Der Bus hat nichts gegen dich. Du musst nur lernen mit seinen vielen Geheimfunktionen umzugehen."
Mit einer Hand wischte sich Mick den Schweiß von der Stirn und murmelte: „Erinnere mich bloß nicht daran."
Auch Emma schmunzelte. Sie dachte daran zurück, wie ihr Papa einmal

versucht hatte, das Dach des Busses zu putzen und dabei versehentlich das Teleskoprohr aktiviert hatte.
Siegessicher schnallte Mick das letzte Janssen-Fahrrad auf den Träger und sagte: „Die Kutsche ist bereit. Die königliche Familie kann einsteigen."
Mit einem Taschentuch tupfte sich Sarah die Schweißperlen von der Stirn. Sie sah wenig begeistert aus. „Passen wir denn überhaupt alle in diese Kiste rein?"
„Ja, es ist nicht gerade ein Familienauto …", erklärte Mick.
Sarah runzelte die Stirn. „Ich wette, wenn die Koffer alle drin sind, ist für uns überhaupt kein Platz mehr."
Emma klemmte ihren roten Stoffelefanten fest unter den Arm.
„Aber Rüssel kommt mit!"
Lukas hielt seine Digitalkamera hoch. „Und die hier auch! Was wäre ein Inselurlaub ohne ein paar schöne Familienfotos, Mama?"
Sarah überprüfte, ob sie die Sonnenmilch eingepackt hatte. „Okay!", sagte sie.

„Dafür bleiben aber euer Detektivkoffer und der ganze Spionagekram zu Hause. Auf Langeoog braucht ihr das alles sowieso nicht."
Verschwörerisch sahen sich Lukas und Emma an und sagten gleichzeitig: „Na klar, Mama!"
„Denkt stattdessen lieber an eure Fahrradhelme", erinnerte Sarah ihre Kinder.
„Oh nein!", maulte Lukas. „Muss ich das doofe Ding wirklich aufsetzen? Du hast selbst gesagt, dass auf der Insel keine Autos fahren."
Emma unterstützte ihre Mama. „Stell dich nicht so an, Lukas! Klar nehmen wir die Helme mit."
Lukas tippte sich an die Stirn.
„Aber so ein Helm sieht doch total bescheuert aus."
„Meinst du, ohne siehst du besser aus?" Emma grinste. „Auf Langeoog wird sich schon nicht gleich ein Mädchen in dich verknallen."
Mick lachte: „Dafür bist du sowieso noch viel zu jung!"

Emma musste kichern und Lukas streckte ihr die Zunge raus.
Familie Janssen quetschte sich in den knallroten Jaguar. Der Kofferraum war mit zwei Tragetaschen und einem Koffer bis obenhin gefüllt. Die restlichen Gepäckstücke nahmen Emma, Lukas und Sarah auf den Schoß.
„Na also, klappt doch. Wer sagt's denn?", freute sich Mick.

Emma klopfte ihm anerkennend auf die Schulter. „Du bist eben der Beste, Papa!“

Wilhelm Kunschewski stand am Gartenzaun und beobachtete misstrauisch seine Nachbarn. Kinder waren für ihn nur lästige kleine Rotzlöffel, besonders die beiden von Mick und Sarah Janssen. Seitdem diese schreckliche Familie die Villa von Theodor C. Janssen geerbt hatte und in die Tunnelstraße gezogen war, war es mit der Ruhe hier am Deich vorbei.
Kunschewski hatte die Hände vor seinem Bierbauch gefaltet und brummte: „Na, wenn das mal gut geht. Mit dem Auto kommt ihr nicht weit.“
Ausnahmsweise sollte der Miesepeter recht behalten. Noch winkte Emma ihm fröhlich zu und rief: „Tschüss, Herr Kunschewski!“
Lukas machte es Spaß, den Nachbarn zu ärgern: „Und nicht vergessen die Maulwürfe zu füttern. Keiner hat so schöne Erdhügel im Garten wie Sie. Darum beneidet Sie die ganze Nachbarschaft!“

Sarah drehte sich zu ihrem Sohn um und flüsterte: „Bitte, lass das Lukas! Wir haben schon genug Ärger mit Herrn Kunschewski."
„Unser werter Nachbar ist zwar ein Idiot, aber ihr müsst ihn ja nicht noch provozieren", ergänzte Mick.
Er startete den Motor und fuhr vorsichtig los. Im nächsten Moment ließ ein metallisches Knirschen die Familie zusammenzucken. Es hörte sich an, als ob das Dach über ihren Köpfen zusammenbrechen würde. Mick bremste scharf, Emma schrie auf. Lukas stieß mit dem Kopf gegen den Vordersitz.
Alle vier Räder kippten samt Träger vom Autodach und landeten direkt in Kunschewskis Vorgarten. Erschrocken sprangen die Janssens aus dem Jaguar.
Lukas amüsierte sich: „Toller Gepäckträger, Papa!"
Emma hob ihr Fahrrad auf und murmelte: „Zum Glück sind die Räder ja weich gefallen." Vorsichtig schielte sie zu Herrn Kunschewski.

„Jo!“, antwortete Lukas extra laut. „Voll in die Brennnesseln.“
Wilhelm Kunschewski bekam vor Wut kaum Luft. Mit hochrotem Kopf brüllte er: „Das sind keine Brennnesseln, du Rotznase! Das sind Rosen! Eine schöner als die andere. Weißt du eigentlich, wie viel Arbeit in der Züchtung steckt, hä?“
Sarah Janssen versuchte ihren Nachbarn zu beruhigen: „Es tut uns wirklich sehr leid, Herr Kunschewski. Bitte entschuldigen Sie, das war doch keine Absicht.“
Wütend funkelte er Sarah an. „Wie blöd muss man eigentlich sein, um Fahrräder mit einem Jaguar zu transportieren?“
Emma stampfte mit dem Fuß auf und rief: „Mein Papa ist nicht blöd, sondern der beste Papa auf der ganzen Welt! Außerdem ist er ein berühmter Schriftsteller.“
Lukas legte eine Hand auf Emmas Arm, um sie zu beruhigen. „Hör nicht auf den. Der glaubt ja auch, dass seine Brennnesseln Rosen sind.“
Mick stöhnte entnervt auf. Die drückende Hitze machte ihm zu schaffen. Aber er

riss sich zusammen, hob sein Fahrrad aus dem Beet und sagte versöhnlich: „Wir werden Ihnen den Schaden selbstverständlich ersetzen, Herr Kunschewski. Das sind wirklich sehr schöne Rosen."
Belehrend hob der Nachbar den Zeigefinger. „Das waren schöne Rosen, Herr Janssen. Und teure dazu. Die habe ich auf dem Rosenmarkt in Norden gekauft."
Lukas tippte sich an die Stirn. „Wer kauft denn Brennnesseln auf dem Rosenmarkt?"
Sarah zeigte auf ihre Armbanduhr.
„Ihr Lieben, unsere Fähre ..."
„Wir regeln das alles nach unserem Urlaub auf Langeoog", sagte Mick.
„Fest versprochen, Herr Kunschewski!"
Lukas nahm seinen Koffer aus dem Auto und freute sich: „Ich möchte sowieso viel lieber mit dem Detektivbus fahren."
Mick verdrehte die Augen. „Dann soll Mama ans Steuer. Die kann das besser als ich. Den Bus lassen wir dann ja sowieso im Hafen von Bensersiel stehen und nehmen nur die Räder mit."

Emma grinste. „Der Bus hat wirklich nichts gegen dich, Papa. Der ist eigentlich ganz lieb."

2. Kapitel

Das schwülheiße Wetter trieb die Fahrgäste auf das Außendeck der Fähre. Kein Mensch wollte unten im Salon sitzen, obwohl es dort Kaffee, Eis und viele bunte Süßigkeiten gab. In letzter Minute hatten die Janssens zwei Plätze an der frischen Luft ergattert. Sarah und Mick wollten ihre Kinder auf den Schoß nehmen. Lukas war das superpeinlich. „Ich bin doch kein Baby mehr!", maulte er. So cool wie möglich setzte er sich auf den Boden nahe der Reling und guckte aufs glitzernde Wasser. Emma hingegen genoss es, mit ihrem Stoffelefanten Rüssel auf

Papas Schoß zu sitzen. Mama Janssen versuchte Emmas Gesicht mit Sonnencreme einzuschmieren. Doch die verzog den Mund und wehrte ab: „Mama, ich hab mich doch gerade erst eingecremt.“

„Du weißt, dass Menschen mit roten Haaren eine besonders empfindliche Haut haben“, antwortete Sarah. „Du bekommst ganz schnell einen Sonnenbrand.“

„Und Sommersprossen!“, freute sich Emma. Sie hatte die kleinen Pünktchen sogar auf der Nase und sie gefielen ihr.

Ein Mädchen stolperte über Lukas’ Rucksack. „Hey!“, schimpfte er. „Kannst du nicht aufpassen?“

Sie trat wütend dagegen und funkelte ihn an. „Pass bloß auf, Kleiner! Kannst du deinen Kram nicht woanders hinstellen? Du machst dich ganz schön breit hier.“

„Blöde Ziege“, dachte er und zog den Rucksack zu sich heran. Das Mädchen war vielleicht zwölf, dreizehn Jahre alt. Sie trug blaue Laufschuhe und einen

Ohrring mit blau-rotem Federbüschel. Die längste Feder war rot und reichte ihr fast bis zur Schulter. Amüsiert musterte Lukas ihre Frisur. Die langen blonden Haare waren auf einer Seite fast kahl rasiert. Lukas holte seine Digicam aus der Vordertasche. Um zu überprüfen, ob sie noch funktionierte, machte er ein Foto von dem Mädchen. „Bist du etwa die Tochter von Kunschewski?“, fragte er übertrieben freundlich.

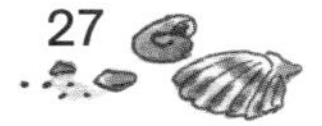

„Hä? Bist du bekloppt, oder was? Ich kenne keinen Kunlowski."
Lukas verbesserte das Mädchen. „Er heißt Kunschewski! Hast du was an den Ohren?"
Dann hörte er eine unangenehme Stimme. „Lisa! Komm sofort hierher!", keifte eine Frau. Lukas sah, wie das Mädchen zusammenzuckte. Die Frau kam energisch auf sie zu, packte sie am Arm und zischte: „Du sollst herkommen, hab ich gesagt!"
Jetzt kam Lisas Vater herbeigeeilt. „Und setz die verdammte Mütze auf! Siehst du nicht, wie die Leute dich hier angaffen mit deiner bescheuerten Frisur?"
Er versuchte ihr eine schwarze Mütze mit Bommel aufzusetzen. Lisa riss sich die Mütze vom Kopf. „Aber die ist doch viel zu warm!"
Lukas beobachtete das alles erschrocken. So einen Umgangston war er von seinen Eltern nicht gewohnt. Für einen Moment tat ihm Lisa leid.

Ein Fahrgast hatte die Sache auch mitbekommen. Lukas' Blick fiel auf die Tätowierung an seinem linken Oberarm. Er schmunzelte. Das musste er einfach fotografieren. Lukas zoomte heran und drückte den Auslöser. Dann stand er auf und ging zu seinem Vater. „Guck mal, Papa!“, flüsterte er. „Der Typ da hat ein Tattoo mit einem Schreibfehler. Auf seinem Arm steht ‚In ewiger Liebe‘. Aber ‚Liebe‘ ist ohne ‚e‘ geschrieben.“ Mick Janssen schaute auf das Display

der Kamera und lachte laut auf. Auch Mama und Emma konnten sich ein Kichern nicht verkneifen.
„Aber Lukas, du kannst doch nicht einfach ungefragt die Leute hier fotografieren“, sagte Sarah leise.
„Warum denn nicht? Papa beobachtet doch auch stundenlang Menschen. Und hinterher schreibt er in seinen Büchern über sie.“
„Aber das ist doch etwas ganz anderes!“, erwiderte Sarah.
Der Mann mit dem missglückten Tattoo war freundlicher, als er auf den ersten Blick aussah. Er stand auf und ging hinüber zu Lisa und ihren Eltern.
„Also, diese Skimütze ist wirklich etwas zu warm und gehört in die Berge. Hier an der Küste trägt man so etwas …“
Er zog sein Piratentuch vom Kopf und hielt es Lisa hin.
Sie sah ihn misstrauisch an.
„Na, nimm schon!“, sagte er. „Das passt super zu deinem Ohrring.“
Lisa setzte das Tuch auf ihren Kopf.

„Na, also. Jetzt siehst du aus wie eine echte Seeräuberin!“, freute sich der Mann. Lisas Vater wurde sauer und fuhr ihn an: „Was fällt Ihnen ein, sich hier einzumischen. Wer sind Sie eigentlich?“
„Nun entspannen Sie sich mal ein bisschen! Man nennt mich Keno. Sie sind doch hier, um Urlaub zu machen, oder?

Bei uns in Ostfriesland ticken die Uhren ein wenig anders. Hier haben wir nicht nur Sonne, Strand und Meer, sondern auch gute Laune."
Lisas Vater schnappte nach Luft. Und Keno ging lächelnd zu seinem Platz zurück.
Nachdem die Fähre im Hafen der Insel angelegt hatte, stürmte Lisa an Land. Ohne sich noch einmal umzudrehen, lief sie zu einer Gruppe Jugendlicher. Offensichtlich wurde sie auf Langeoog schon erwartet.

3. Kapitel

Das Gepäck wurde mit der Inselbahn zum Bahnhof Langeoog transportiert. Von da aus konnten Koffer und Reisetaschen mit kleinen Gepäckautos zu den Unterkünften gebracht werden. Die Inselbahn war voller Feriengäste. Emma liebte die kunterbunten Waggons. Wie gerne wäre sie auch damit gefahren. Aber Papa Mick sagte: „Fahrräder darf man leider nicht mit in die Bahn nehmen, Emma. Doch wozu haben wir unsere Drahtesel? Los, wir radeln um die Wette! Wer zuerst an unserer Ferienwohnung in der Barkhausenstraße ist.“
Mick dachte darüber nach, wie viele Bücher er verkaufen musste, um die

teure Überfahrt mit der Fähre zu bezahlen. Aber das sagte er Emma nicht. Er wollte seine Kinder nicht mit seinen finanziellen Problemen belasten.
Die Janssens setzten ihre Fahrradhelme auf und stellten sich mit ihren Rädern in einer Reihe auf. Fröhlich rief Sarah: „Auf die Plätze, fertig, los!“ Sie übernahm die Führung. Emma fuhr direkt hinter ihr, gefolgt von Lukas. Das Schlusslicht

bildete Mick, dessen wuschelige, rote Haare unter dem Helm hervorguckten und im Fahrtwind flatterten. Seine Fahrradklingel hatte sich gelockert und nach unten gedreht. Bei jeder Erschütterung machte sie Geräusche. Lukas drehte sich zu ihm um. „Stimmt was nicht, Papa?“ Mick rief: „Als die Räder vom Auto gefallen sind, ist wohl eine Schraube von meiner Klingel verloren gegangen.“

Lukas tat so, als hätte er seinen Vater falsch verstanden und fragte: „Was? Du hast eine Schraube locker?"
Mick lachte: „Ja, äh, ich meine, nein. Eine Schraube fehlt – an meiner Klingel."
Emma konnte es gar nicht erwarten, im Meer zu baden. Auf der Insel war es zwar auch sehr heiß, aber immerhin etwas kühler als auf dem Festland.
Emma trat kräftig in die Pedale und hatte ihre Mama fast eingeholt.
Sie fuhren über die Hafenstraße, die direkt in die Hauptstraße überging, Richtung Inselkern. Kurz nachdem sie das Rathaus hinter sich gelassen hatten, bogen sie in die Barkhausenstraße ein. Hier tummelten sich jede Menge Touristen. Emma und Lukas machte es großen Spaß, hier entlangzufahren. Sie mussten zwar auf Fußgänger und Pferdekutschen achtgeben, aber ohne Autos fühlten sie sich auf der Straße wie Könige.
Papa zeigte nach rechts auf das Eiscafé *Venezia*. „Und hier können wir ein leckeres Eis essen!"

Emma freute sich: „Jetzt gleich?“
„Später, Emma!“, rief Sarah. „Nun geht’s erst mal in die Ferienwohnung.“
„Und da sind wir auch schon!“, sagte Mick stolz.
Sie parkten ihre Räder in einem der vielen Fahrradständer. Sarah deutete auf einen Balkon im zweiten Stock.
„Dort oben wohnen wir.“
Lukas war begeistert. „Cool! Direkt gegenüber der Eisdiele.“
Emma hob den Daumen. „Besser geht’s nicht!“
Der Gepäckdienst hatte inzwischen die Koffer geliefert. Mick und die Kinder brachten alles mit dem Fahrstuhl nach oben. Sarah Janssen nahm lieber die Treppe. Keuchend stand sie in der Diele und sah sich um. Die Wohnung gefiel ihr. Sie wirkte gemütlich. Mick stellte seine Reisetasche im Schlafzimmer ab und sagte: „Hier werden wir uns so richtig wohlfühlen.“
Es war über zwei Jahre her, seitdem die Familie zum letzten Mal gemeinsam

Urlaub gemacht hatte. Als Schauspielerin bei einem Tourneetheater verdiente Sarah nicht viel und war oft unterwegs. Micks letzter Roman hatte sich zwar recht gut verkauft – trotzdem war das Geld knapp und dieser Urlaub ein Geschenk für die ganze Familie.

Das Zimmer von Emma und Lukas hatte ein Etagenbett und eine gemütliche Couch.

„Ich schlaf oben!", rief Lukas.

Emma lachte. „Na, von mir aus!"

Sarah Janssen kam herein und wollte ihnen beim Kofferauspacken helfen.

Aber Lukas protestierte: „Das können wir schon selber, Mama."

Emma nickte. „Ganz genau. Wir sind ja schon groß!"

Sarah strich ihrer Tochter übers Haar und sagte: „Komm, Emma. Gemeinsam geht's schneller. Ich helf dir, die Sachen in den Schrank zu räumen."

Die Geschwister guckten sich an. Als Sarah den Koffer öffnete, hielt sie kurz inne. Sie stemmte die Hände in die Hüften und sah ihre Kinder an. „Dachte ich's mir doch."

Ganz oben lag das *Handbuch für gute Detektive*. Sofort verteidigte sich Emma. „Aber Mama, wir können nicht ohne das Buch verreisen. Wir sind doch die Nordseedetektive!"
„Genau!", ergänzte Lukas. „Stell dir vor, wir bekommen hier einen Auftrag. Willst du uns dann zeigen, wie man einen Fall löst?"

Sarah schmunzelte. „Ach, ihr zwei!“
Sie begann, T-Shirts und kurze Hosen auszupacken. „Emma, du hast keine warme Kleidung mit. Deine Regenjacke und deine festen Schuhe fehlen auch. Und du hast nur deine Sandalen hier, stimmt’s?“
„Das warme Zeug brauche ich nicht“, erklärte Emma. „Ich schwitze schon die ganze Zeit. Draußen ist es viel zu warm.“
Demonstrativ setzte sich Lukas auf seinen Koffer. Daraus folgerte Sarah: „Du hast also auch nur Spielzeug statt Kleidung mitgenommen.“
„Das ist kein Spielzeug, sondern unser Spezial-Detektivkoffer mit unverzichtbarem Handwerkszeug für Detektive“, schmollte er.
Sarah zog Lukas sanft vom Koffer herunter. „Also, du Superspürnase, wie lauten die Zahlen für das Schloss?“
Er grinste: „007 natürlich!“
Es machte klick und der Koffer sprang auf. Darin befanden sich der Detektivkoffer und ein paar Perücken. Sarah

schüttelte den Kopf. Sie hob ein T-Shirt und zwei Unterhosen hoch. „Und das ist alles, was du mitgenommen hast, Lukas? Für vierzehn Tage Urlaub?!“
Lukas verschränkte die Arme vor der Brust. „Na, immerhin habe ich meine Zahnbürste eingepackt.“
„Und ich meinen Badeanzug!“, lachte Emma.
„Okay, okay!“, stöhnte Sarah. „Dann zieht euch mal um. Heute kochen wir nicht, wir gehen essen.“

Schon eine halbe Stunde später radelten die Janssens zum Biorestaurant *Seekrug*. Ihre Räder parkten sie in einem Fahrradständer vor der Gaststätte. Mick schloss sein Fahrrad ab und legte zusätzlich ein Zahlenschloss zwischen die Speichen des Hinterrades.
Emma kicherte. „Aber Papa, hier auf der Insel klaut doch keiner ein Rad.“
„Sicher ist sicher!“, erklärte Mick.
Seit ihm in Oberhausen einmal sein Lieblingsrad gestohlen worden war,

schloss er sein Rad immer doppelt ab. „Okay!“, stöhnte Lukas. „Aber ich hab sowieso nur ein Schloss.“

4. Kapitel

Im Restaurant ergatterten die Janssens einen schönen Fensterplatz. Der Blick über die Dünenlandschaft bis zum Meer war atemberaubend.
Sarah schmeckte der zarte Rinderbraten hervorragend. „Hm, lecker!“, schwärmte sie. „Habt ihr gewusst, dass es hier auf der Insel echte Weiderinder gibt?“
Mick schob sich die letzte Gabel Kutterscholle in den Mund und schloss voller Genuss die Augen. „Und das Essen hier ist bio. Einfach köstlich!“
Emma und Lukas waren schon beim Nachtisch und löffelten in ihren Eisbechern. Emma beobachtete das Wolkenschauspiel, das sich ihnen über dem Meer bot.

Dunkle Gewitterwolken brauten sich am Himmel zusammen. Dadurch wirkte das Wasser noch dunkler und fast bedrohlich. „Das ist ja irre!“, sagte Lukas fasziniert. „Draußen sieht es aus wie in einem Gruselfilm.“
„Sollen wir nicht besser zurückfahren?“, fragte Emma ängstlich. Schon donnerte es. Mick rief den Kellner, um zu bezahlen. „Emma hat recht. Bevor wir hier in einen Platzregen geraten, fahren wir besser zurück zur Wohnung“, sagte er beruhigend.

Es war kühl geworden und es wehte ein frischer Wind. Emma, Lukas, Sarah und Mick eilten zum Fahrradständer. Aber dann stockten sie. Der Platz, an dem sie ihre Räder abgestellt hatten, war leer.
„Das gibt es doch nicht!“, stieß Mick Janssen hervor. „Eben standen sie doch noch hier.“
Emma, Lukas und Sarah guckten sich verwirrt um. Lukas fasste sich an den Kopf. „Hä? Ich glaub, ich spinn. Die können doch nicht vom Erdboden verschluckt sein.“

Wieder krachte ein Donner, dann blitzte es. Emma schmiegte sich an ihre Mutter. Sarah tröstete sie. „So was Blödes, was, Emma?“

Emma nickte. „Und jetzt hat auch noch irgend so ein Doofmann unsere Räder geklaut!“
„Tja, Papa!“, sagte Lukas. „Da haben auch deine super-duper Fahrradschlösser nichts genützt.“
„Wir haben die Räder doch hier abgestellt“, sagte Mick unsicher. „Oder etwa nicht?“
„Jo, ganz sicher, Papa!“, bestätigte Lukas. Entschlossen suchten die Janssens das Gelände rund um das Restaurant ab. Inzwischen hatte die Abenddämmerung eingesetzt. Emma schaltete Lukas’ Handy-Taschenlampe ein. „Wir müssen die Räder finden!“, rief sie.
„Stimmt!“, gab Lukas seiner Schwester recht. „Und die bescheuerten Diebe dazu.“
„Am besten informieren wir gleich die Polizei!“, rief Sarah.
„Polizei?“, fragte Lukas. „Gibt es die hier auf der Insel überhaupt? Und außerdem: Wir sind doch die Nordseedetektive! Leuchte mal auf den Boden, Emma.

Wenn einer die Fahrradschlösser geknackt hat, gibt es bestimmt auch Spuren."
„Was für Spuren meinst du denn?", wollte Sarah wissen.
„Zum Beispiel Papas Zahlenschloss", erklärte Lukas. „Wenn jemand das mit dem Seitenschneider durchtrennt hat, liegen hier bestimmt noch ein paar Reste rum."
Emma folgerte: „Ganz genau, Plastik- und Metallstücke! Vielleicht finden wir auch das ganze Schloss."
Sarah und Mick staunten über die Kombinationsgabe ihrer Kinder. Die Geschwister suchten den Boden ab.
„Nichts zu sehen", murmelte Lukas.
„Daraus folgt", sagte Emma, „die haben unsere Fahrräder geklaut, ohne die Schlösser zu öffnen."
„Es kann auch sein", warf Sarah ein, „dass die Täter alle Spuren beseitigt haben. Mit einem Besen zum Beispiel."
Emma schüttelte den Kopf. „Nein, Mama, vermutlich nicht. Hier hat

niemand sauber gemacht. Dort liegt eine Möwenfeder, da vorne ein Kaugummi und daneben sind ein paar Kronkorken." Lukas fühlte sich wie sein Großonkel, Meisterdetektiv Theodor C. Janssen, höchstpersönlich. Es gefiel ihm, den Eltern seine detektivischen Gedanken

zu erklären: „Das bedeutet, die Fahrraddiebe haben unsere Räder samt Schlössern geklaut.“
Emma fiel ihrem Bruder ins Wort: „Das hab ich doch eben schon gesagt, Schlaumeier. Und weil auf der Insel keine Autos fahren, müssen sie die Räder entweder tragen oder auf einem Reifen schieben.“

„Das wiederum bedeutet …“, sagte Lukas. Die Erkenntnis traf seinen Vater wie ein Blitz. Er rief es gegen den rauen Wind an: „ … dass sie noch nicht weit sein können!“

Emma, Lukas und Mick zögerten keine Sekunde. Sie rannten los, um nach den Dieben zu suchen. Sarah Janssen blieb enttäuscht bei den Fahrradständern zurück. Den Urlaub hatte sie sich ganz anders vorgestellt.

5. Kapitel

Emma nahm den Weg in Richtung Dorfkern. Sie lief bis zu einer großen Hecke vor dem Dünenhotel *Strandeck*, konnte aber niemanden entdecken. Lukas befand sich inzwischen in den Dünen auf der Höhenpromenade und verfolgte mit seiner Handy-Taschenlampe eine Fahrradspur. Emma lief zu ihm.
„Siehst du das, Emma? Ist das nicht vielleicht der Reifenabdruck von Papas Rad? Und Fahrradfahren ist hier oben doch verboten.“
Emma zuckte mit den Schultern. „Woher soll ich das wissen? Es gibt ja viele Räder

auf Langeoog. Ich hab mir Papas Reifen nie so genau angeguckt."
Über ihnen verästelte sich ein langer Blitz. Im zuckenden Licht entdeckte Emma etwas.
„Da ist noch was, Lukas! Gib mir mal dein Handy!" Sie leuchtete in die Dünenhecke. „Hey, das ist doch Papas Klingel."
Vorsichtig fischte Emma sie aus den Zweigen. In dem Moment entlud sich das Gewitter und es begann heftig zu regnen.
Lukas war begeistert von seiner kleinen Schwester. Durch seine Brille sah er fast nichts mehr. Er nahm sie ab und wischte die Regentropfen von den Gläsern.
„Gute Arbeit, Emma! Du bist eine echte Meisterdetektivin."
Stolz hielt Emma die Klingel in der Hand. Ihr Bruder freute sich. „Die Diebe sind also tatsächlich in diese Richtung geflohen. Wir haben sie bald."
„Vielleicht sind sie zum Strand geflüchtet." Emma zeigte auf einen kleinen Holzweg, der zum Meer führte.

Lukas wiegte den Kopf hin und her. „Aber was sollen die da im tiefen Sand mit den Fahrrädern?“
Von Weitem hörten sie die Stimme ihrer Mutter. „Emma, Lukas, wo seid ihr denn? Es fängt an zu regnen! Kommt mit in die Ferienwohnung!“
„Mama, komm schnell!“, rief Emma. „Wir sind hier. Auf den Spuren der Diebe.“
Als Sarah auf der Höhenpromenade ankam, war sie außer Atem. Bei dem Unwetter hatte sie richtig Angst um

ihre Kinder. Emma hielt ihr die Klingel vor die Nase: „Schau mal, was ich in der Hecke gefunden habe."
„Die gehört doch Papa!", stellte Sarah erstaunt fest.
„Wir kriegen die Täter, Mama!", erklärte Emma.
„Genau!", bestätigte Lukas. „Verlass dich drauf!"
Der Regen wurde immer stärker. Sarah fror und sagte: „Für heute reicht es mit der Detektivarbeit. Lasst uns zurückgehen. Morgen informieren wir die Polizei."
Aber Lukas ließ sich nicht abhalten.
„Nein, das geht nicht. Jetzt sind die Spuren doch noch ganz frisch, Mama. Wir kommen nach."
Sarah rieb sich die Arme. „Ihr werdet doch jetzt nicht hier im Regen ..."
Aber das hörten die Kinder schon nicht mehr, denn sie rannten Richtung Strand.
Mick Janssen tauchte neben seiner Frau auf. Er war klatschnass. Seine roten Haare klebten ihm im Gesicht. Ein Regentropfen hing an seiner Nasenspitze.

„Die Sucherei ist völlig sinnlos“, sagte er erschöpft. „Die sind längst über alle Berge.“
Sarah kuschelte sich an ihn. „Wir holen uns hier im Wind und Regen noch eine Erkältung.“
Mick sah sich suchend um. „Wo sind eigentlich unsere beiden Spürnasen?“
Er konnte sie nirgendwo entdecken.
Dann hörten sie Schreie. Sarah zuckte zusammen. „Emma?! Lukas?!“, rief sie.
Sie rannten los, um den Kindern zu helfen. Hatten sie sich verletzt? Oder waren sie mit den Fahrraddieben aneinandergeraten? Sarah verlor einen Schuh. Aber das interessierte sie nicht.
Sie mussten zu den Kindern und zwar sofort. Über dem Meer gabelte sich ein Blitz. Ein Vogelschwarm rauschte durch die Luft.
„Schnell, hierher!“, hörten sie Emmas Stimme.
„Beeilt euch! Schnell!“, rief Lukas aus der Dunkelheit.
Mick schrie: „Haltet durch, Kinder, wir sind gleich bei euch!“

Sarah schimpfte: „Wehe, jemand tut unseren Kindern etwas an."
Zwischen zwei Strandkörben entdeckten Sarah und Mick den Lichtkegel von Lukas' Handy-Taschenlampe. Atemlos und völlig durchnässt kamen sie bei ihren Kindern an.
Emma und Lukas saßen grinsend in einem Strandkorb. „Guck mal, den ersten Drahtesel haben wir schon gefunden!", sagte Emma stolz. Vor ihnen im Sand lag Papa Janssens Fahrrad.
„Ich sag's ja!", freute sich Mick. „Meine Kinder!"
Auch Sarah war überrascht. „Wie habt ihr das denn hinbekommen?"
Emma tippte sich mit dem Finger an die Stirn und grinste. „Mit Köpfchen!"
„Wir müssen los!", drängelte Lukas. „Die Diebe können nicht weit sein."
Emma ergänzte: „Und die anderen drei Fahrräder auch nicht."
Mama Sarah war dagegen. „So, jetzt ist aber Schluss damit. Ihr seid pitschnass.

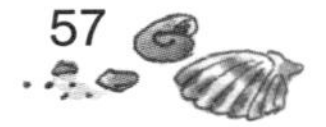

Ab in die Ferienwohnung! Morgen ist auch noch ein Tag."

Lustlos und mit trotzigen Gesichtern trotteten die Kinder hinter ihren Eltern her. Mick schob sein Fahrrad und konnte sein Glück noch immer nicht fassen.

6. Kapitel

Lukas trug ein viel zu großes Baumwollhemd seines Vaters, Emma ein T-Shirt ihrer Mutter. Hellwach lagen sie in ihren Betten. Sie hatten beschlossen, die Verfolgung der Diebe sofort wieder aufzunehmen. Sie mussten nur warten, bis ihre Eltern endlich eingeschlafen waren. Aber die beiden hatten Pech. Sarah kam ins Zimmer, um ihnen eine Gutenachtgeschichte vorzulesen. Normalerweise liebten Emma und Lukas es sehr, wenn ihre Mama ihnen etwas vorlas. Nur heute hatten sie leider keine Zeit dafür. Sie behaupteten hundemüde zu sein und baten, die Geschichte auf morgen zu verschieben.

Sarah lächelte. „Na klar, das war heute auch ein sehr anstrengender Tag. Schlaft gut und träumt was Schönes."
Mit ihrem dicken Roman machte Sarah es sich auf der Couch in der Wohnküche gemütlich. Sie streckte die Beine aus und begann zu lesen. Mick Janssen öffnete eine Flasche Rotwein und brachte seiner Frau ein Glas.
Leise krochen Emma und Lukas aus ihren Betten und beobachteten ihre Eltern heimlich durch den Türspalt.
„Ich wette, Mama pennt gleich ein", flüsterte Lukas. „Rotwein macht sie immer so müde."
Er behielt recht. Eine endlose halbe Stunde später nickte Sarah über ihrem Buch ein. Papa Mick schlief im großen Fernsehsessel. Selten hatten sich Emma und Lukas so sehr über sein Schnarchen gefreut.
So leise wie möglich packte Emma den Rucksack. Sie nahmen die große Taschenlampe mit, deren Lichtstrahl etwa fünfzig Meter weit reichte.

„Das Nachtsichtgerät dürfen wir auch nicht vergessen“, wisperte Lukas. Emma nickte und sagte leise: „Die Lupe und deine Kamera hab ich schon. Brauchen wir die Dietriche?“

„Wer weiß … aber sicher ist sicher“, zischte Lukas.

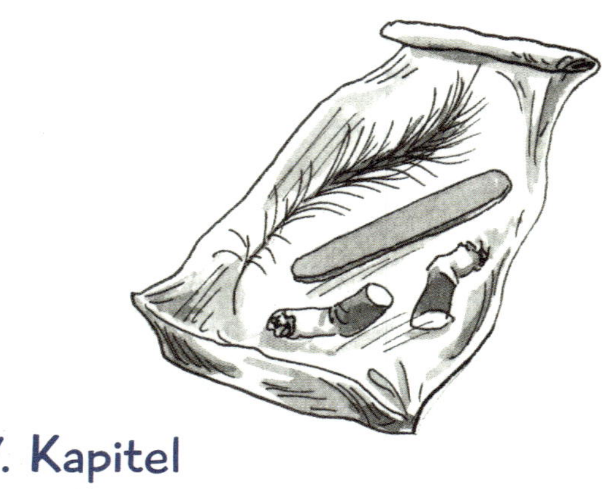

7. Kapitel

Weil es immer noch in Strömen goss, trug Lukas die Regenjacke seines Vaters und Emma den gelben Friesennerz ihrer Mutter. Emma hätte zweimal in die Öljacke gepasst und zog sie hinter sich her wie einen Brautschleier. Unter der Kapuze verschwand sie regelrecht.
Auch Papas Regenjacke war Lukas viel zu groß. Da half es auch nicht, dass er die Ärmel umgekrempelt hatte.
„Ich sehe bestimmt aus wie eine gelbe Mülltonne“, grinste Emma.
Lukas erwiderte lachend: „Wir sind ja auch keine Models auf einer Modenschau.“

Die Barkhausenstraße war gut beleuchtet. Es war kein Mensch zu sehen. Vor dem Regen waren die Touristen in die umliegenden Gaststätten geflüchtet. Und auch in einigen Kneipen brannte noch Licht.
„Und wohin jetzt?“, fragte Lukas.
Emma zeigte Richtung Meer. „Am besten gehen wir zum Tatort zurück. Dann sehen wir weiter.“
„Na hoffentlich hat der Regen nicht alle Spuren verwischt!“, gab Lukas zu bedenken.
Sie machten sich auf den Weg zur Höhenpromenade. Vor dem Eingang des Dünenhotels *Strandeck* entdeckte Emma ein Fahrrad, das ihr sehr bekannt vorkam.
„Guck mal, Lukas!“, freute sie sich. „Das sieht aus wie mein Rad. Wer hat das denn hier abgestellt?“
Lukas leuchtete das Fahrrad ab. „Tatsächlich, und es ist immer noch abgeschlossen.“
Emma wunderte sich. „Also ich kapier das nicht. Wer macht denn so einen Blödsinn und versteckt Fahrräder?“

„Vielleicht wollte sich jemand einen Scherz mit uns erlauben!“, überlegte Lukas.
„Tolle Idee!“, brummte Emma. „Selten so gelacht.“
Sie öffnete das Fahrradschloss, schwang sich auf den Sattel und fuhr ein paar Meter. Zum Glück war nichts kaputt.
Im Strahl der Taschenlampe sah Lukas etwas, das ihn stutzig machte: Eine lange rote Feder hatte sich in einem Hagebuttenbusch verfangen. Aus dem Rucksack holte er eine Pinzette und einen durchsichtigen, verschließbaren Plastikbeutel. Nachdem er die Feder vorsichtig verstaut hatte, begutachtete er den Platz rund um den Fahrradständer. Mit der Pinzette sicherte er noch zwei Zigarettenstummel und einen hölzernen Eisstiel als Beweisstücke.

Emma schob das Fahrrad neben sich her. Kurz bevor sie das Restaurant *Seekrug* erreichten, kombinierte Lukas: „Wir haben beide Räder geschätzt dreihundert Meter vom Tatort entfernt gefunden.

Die anderen beiden befinden sich höchstwahrscheinlich im gleichen Radius."
Sie liefen weiter bis zum Strandhotel *Aquantis*. Lukas zeigte auf ein paar dichte Sträucher. „Das sieht aus, als wär da jemand durchgegangen."
„Stimmt", sagte Emma. „Meinst du etwa ..."
Lukas hielt den Atem an. Direkt neben ihm raschelte es. Vorsichtig stieg er über das plattgetretene Gestrüpp und leuchtete in die Richtung, aus der das Geräusch gekommen war. Ein Kaninchen sah ihn ängstlich an und hoppelte flink davon.
„Na bitte!", lachte er. „Wer sagt's denn? Hier liegt Nummer drei: Mamas Rad."
„Volltreffer!", jubelte Emma.
Der Regen machte den Geschwistern gar nichts mehr aus. So stolz und glücklich waren sie. Sie schoben die zwei Räder zurück in die Barkhausenstraße und stellten sie dort im Fahrradraum ab. Dann zogen sie noch einmal los.
In der Kurstraße ganz in der Nähe des Museums-Rettungsbootes *Langeoog*

fanden sie nur eine Viertelstunde später Lukas' Fahrrad.
„Mensch, wir haben vielleicht ein Glück!", freute sich Emma. „Aber Museums-Rettungsboot klingt, als würde das Boot ein Museum retten."
Lukas nickte und öffnete sein Fahrradschloss. „Genau, aber ich glaube damit meinen die Langeooger, dass man aus einem Rettungsboot ein Museum gemacht hat. Jedenfalls haben wir diesen Fall mal wieder gelöst."
Emma hob die Hand. „Gib mir fünf, Bruderherz!"
Lukas schlug ein, wie es sich für echte Detektive gehört. Sie brachten den Drahtesel in den Fahrradraum ihrer Ferienwohnung zurück. Dann schlichen sich die beiden in den zweiten Stock. Papa schnarchte noch immer. Mama hatte das aufgeklappte Buch wie eine Schlafmaske auf ihr Gesicht gelegt. Lukas flüsterte: „Guck mal, da bekommt das Wort ‚Facebook' noch mal eine ganz neue Bedeutung."

Emma kicherte und presste sich die Hand auf den Mund.

Die Geschwister kuschelten sich in ihre Betten. Es hatte aufgehört zu regnen und der Mond lugte hinter einer großen Wolke hervor. „Das wird jetzt bestimmt ein wunderschöner Urlaub!“, flüsterte Emma ihrem Stoffelefanten zu. Erschöpft, aber glücklich schliefen die Nordseedetektive ein.

8. Kapitel

Der Inselpolizist Herr Fröhlich war genauso, wie er hieß. Gut gelaunt saß er mit Mick und Sarah Janssen am Frühstückstisch in der Ferienwohnung und genoss eine Tasse heißen Kaffee. Auch zu einem Brötchen mit Micks selbstgemachter Erdbeermarmelade sagte er nicht nein. Aufmerksam hörte er zu und nahm die Anzeige gegen unbekannt auf.
„Da haben Sie aber Glück gehabt, dass Sie wenigstens ein Rad zurückbekommen haben“, seufzte Herr Fröhlich. „Diese Fahrraddiebstähle auf der Insel breiten sich im Moment aus wie die Pest. Allein

im letzten Monat wurden vierzig Stück gestohlen. Die Chance, dass Sie Ihre Räder wiedersehen, ist gleich null. Ich hoffe, Sie sind versichert."
Mick und Sarah sahen sich an. „Äh, nein!", erklärte Sarah etwas verlegen. „Das Geld haben wir uns gespart."
Mick fuhr sich durch das rote Haar. „Ach, hätten wir die Räder doch einfach zu Hause gelassen. Schon der Transport mit der Fähre war sündhaft teuer. Da hätten wir uns besser hier welche geliehen."
Der Polizist versuchte Mick aufzumuntern. „Machen Sie sich nicht allzu viel daraus, Herr Janssen. Hauptsache, Ihrer Familie ist nichts passiert. Das Ganze hätte auch anders ausgehen können."
Sarah schnitt eine Tomate in dünne Scheiben und aß sie mit ein paar Tropfen Olivenöl.
Emma und Lukas schlurften in ihren viel zu großen Schlafkleidern in die Küche. Das Gespräch der Erwachsenen hatten sie vom Kinderzimmer aus belauscht.

Lukas setzte sich an den Tisch. „Moin, Herr Polizist. Und von den vierzig geklauten Rädern haben Sie kein einziges wiedergefunden?“ Er sah ihn ernst an. Herrn Fröhlich kitzelte es in der Nase und er musste niesen. „Leider nein, mein Junge. Da kann ich euch wenig Hoffnung machen.“

Emma grinste in sich hinein.

„Das verstehe ich nicht“, hakte Lukas weiter nach. „Langeoog ist doch eine Insel. Ich meine, wir sind hier ja nicht in Berlin oder in München. Wenn hier jemand mit einem gestohlenen Fahrrad rumfährt, muss das doch früher oder später auffallen.“

Sarah legte ihre Hand auf Lukas’ Arm. „Nun lass Herrn Fröhlich mal in Ruhe seine Arbeit erledigen.“

Herr Fröhlich lachte. „Ach, das macht doch nichts. Im Prinzip hat er ja recht. Ich bin völlig ratlos, was den oder die Täter betrifft.“

Emma hielt es nicht mehr aus. „Aber Lukas und ich haben gestern Abend

unsere Fahrräder gefunden!“, platzte es aus ihr heraus.
„Jaja“, winkte Mick ab, „ihr habt mein Fahrrad gefunden.“
Verlegen sahen Emma und Lukas sich an. Emma griff nach einem Brötchen und schnitt es auf. Sarah fixierte ihre Kinder nacheinander mit Blicken. Mick verschränkte die Arme vor der Brust. Dieses verschmitzte Grinsen von Lukas kannte er nur allzu gut. „Habt ihr beide

uns irgendetwas zu sagen?“, fragte er. Emma biss extra viel von ihrem Brötchen ab und zeigte auf ihre Hamsterbacken. „Mit vollem Mund spricht man nicht.“

„Ihr werdet es nicht glauben“, antwortete Lukas für seine Schwester. „Wir haben auch die anderen drei Räder gefunden.“

Herr Fröhlich, Sarah und Mick guckten entgeistert.

Sarah bohrte nach: „Sagt bloß, ihr seid gestern Abend noch mal rausgegangen.“

Lukas lächelte seine Mutter an. „Ach Mama, es war doch so schönes Wetter. Wir wollten nur noch einen Strandspaziergang machen. Ihr habt so süß geschlafen, da wollten wir euch nicht wecken.“

„Genau!“, sagte Emma mit vollem Mund. „Und Papa hat voll laut geschnarcht. Und zwar so: Chrrr, chrrr, chrrrrrr!“

Mick musste lachen. „Na klar, bei dem schönen Wetter einen Strandspaziergang machen. Das versteht doch jeder. Und rein zufällig habt ihr dabei unsere Räder gefunden.“

Herr Fröhlich wurde jetzt sehr ernst. „Wo genau habt ihr die Fahrräder gefunden? Und habt ihr in der Nähe jemanden gesehen?“
Während Emma und Lukas berichteten, schrieb der Polizist alles ganz genau auf. Seine Nase lief wieder und er schnäuzte sich.
Mick war sehr stolz auf seine Kinder und sagte: „Tja, wissen Sie, Herr Fröhlich, meine Kinder sind richtige Spürnasen. Echte Nordseedetektive eben.“
Herr Fröhlich steckte sein Taschentuch wieder ein und schaute verwirrt in die Runde. „Wie? Was denn … für Detektive?“
Lukas hob den Daumen. „Na, wir sind die Nordseedetektive, Herr Polizist!“
Emma ergänzte: „Und wenn Sie Probleme haben und nicht weiter wissen, helfen wir Ihnen gerne.“

9. Kapitel

In seiner Mittagspause saß Polizist Fröhlich draußen vor seinem Büro und ließ sich die Sonne ins Gesicht scheinen. Er hoffte, dass die Wärme und das Licht gegen seine Erkältung helfen würden. Aber anstatt besser wurde es immer schlimmer. Der Druck und die Schmerzen in seinem Kopf nahmen zu. Und er schwitzte nicht nur wegen des warmen Wetters.

Von fern hörte er Stimmen. Immer lauter wurden sie. Da sah Herr Fröhlich auch schon einen Mann mit hochrotem Kopf auf sich zukommen.

„Polizei! Polizei!“, brüllte er. Er zerrte einen Jungen mit sich, der sich wehrte, aber gegen den breitschultrigen Urlauber keine Chance hatte.
„Ich habe nix gemacht!“, rief der Junge.
„Ich möchte einen Diebstahl melden, Herr Polizist!“, zeterte der Mann. „Dieser Sandkastenrocker hier hat versucht unsere Fahrräder zu klauen, direkt vor dem Wasserturm. Die waren zu fünft oder vielleicht zu sechst. Der Rest der Bande ist geflohen. Aber den hier hab ich erwischt.“
Schwerfällig erhob sich Fröhlich von seiner Bank. „Ausgerechnet jetzt“, dachte er. „Immer, wenn ich mich mal ein bisschen ausruhen will, passiert was.“
Er nahm die beiden Streithähne mit in sein Büro und bot ihnen ein Glas Wasser zur Beruhigung an. Dann sagte er: „Zunächst einmal hätte ich gerne Ihren Namen und Ihre Adresse, um eine Akte anlegen zu können.“
„Akte anlegen?“, fuhr der Tourist ihn an. „Sie sollen den Lümmel hier festnehmen.“

Herr Fröhlich guckte den Mann streng an. Sein Ton wurde scharf. „Sie sind hier in einer Polizeiinspektion und nicht bei einem Wunschkonzert. Haben Sie mich verstanden?“
Sofort nutzte der Junge seine Chance. „Sehen Sie, Herr Polizist? Der Typ ist ein Idiot. Ich hab kein Fahrrad geklaut!“
„Du sagst mir jetzt erst mal, wie du heißt und wo du wohnst, und dann setzt du dich dahin.“
Energisch schüttelte der Junge den Kopf. „Sag ich nicht.“
Blitzschnell drehte er sich um und wollte losrennen. Aber er schaffte es nicht einmal bis zur Tür. Fröhlich hatte zwar einen Kugelbauch und war gesundheitlich angeschlagen, aber er reagierte erstaunlich flink. Er packte den Jungen von hinten am Kragen. „Immer schön brav hierbleiben!“
Der Polizist tastete den jungen Mann ab und zog ein Portemonnaie aus seiner Jogginghose. Fröhlich öffnete die Geldbörse und fischte den Personalausweis heraus.

„So!“, sagte er. „Du bist also Kevin Schuster aus Dortmund. Vor ein paar Tagen war dein vierzehnter Geburtstag. Das ist aber so richtig blöd für dich. Du bist nämlich bereits strafmündig. Trotzdem herzlichen Glückwunsch nachträglich.“

„Ich bin unschuldig“, beteuerte Kevin.

„Klar!“, sagte der Polizist. „Und wie alle Unschuldigen versuchst du sofort abzuhauen, wenn ein Bulle wie ich deinen Namen wissen will.“

Kevin begann zu weinen. Der Tourist zog sein T-Shirt gerade und spottete: „Jetzt heult die Memme.“

Streng zeigte Fröhlich mit dem Finger auf ihn. „Und Sie halten jetzt endlich mal den Mund. Zu Ihnen kommen wir später.“

Kevins Unterlippe zitterte. „Aber … aber es war gar nicht meine Idee. Ich bin nur so mitgelaufen.“

Fröhlich kannte das. Am Ende wollte es immer keiner gewesen sein.

Er setzte sich an seinen Schreibtisch und nahm Block und Bleistift zur Hand.

13:10

Dann fuhr er mit seiner Befragung fort: „Nun mal raus mit der Sprache. Wie heißen die anderen? Und komm mir jetzt bloß nicht mit dem großen Unbekannten."
Der Junge war ganz blass geworden. „Das sind der Harry, der Akki, die Susa, die Lisa und Bärchen", stieß er hervor.
„Und wie lauten die Nachnamen?"
Kevin zuckte mit den Schultern. „Keine Ahnung."
Der Tourist schimpfte: „Man sollte euch was hinter die Löffel hauen."
Doch Herr Fröhlich gebot Einhalt: „Aber ganz bestimmt nicht in meiner Polizeiinspektion." Er wendete sich an Kevin. „Wenn wir die anderen nicht ermitteln können, bleibt das alles an dir hängen. Ist dir das klar?"
Nervös knetete Kevin seine Finger und fuhr fort: „Also die Lisa wohnt mit ihren Eltern im Dünenhotel *Strandeck*. Da bin ich mir sicher. Und Bärchen in einer Ferienwohnung in der Gartenstraße … Da hab ich sie mal abgeholt."

Herr Fröhlich dachte nach. Hatten die Nordseedetektive ihm nicht erzählt, dass eines der gestohlenen Fahrräder vor dem Hotel *Strandeck* gestanden hatte? Er beschloss, sich als nächstes diese Lisa vorzuknöpfen.

„Aber wir wollten die Fahrräder nicht klauen“, verteidigte sich Kevin.

„Na klar!“, sagte der Tourist. „Ihr wolltet unsere Räder bloß ein wenig reparieren und aufpolieren, nicht wahr?“

10. Kapitel

Sarah saß in ihrem Strandkorb und genoss die Sonne und den sanften Wind am Meer. Sie war in ihren dicken Roman vertieft. Emma und Lukas waren begeistert dabei, ihren Vater im Sand einzugraben. Nur sein Kopf guckte noch heraus. Dort, wo sie seinen Bauch vermuteten, bauten die beiden eine Sandburg, die sie mit Muscheln und Vogelfedern verzierten. Die Luft war vom Rauschen des Meeres erfüllt. Für Emma klang das wie Musik. Die rollenden Wellen beruhigten sie.

Eine Möwe näherte sich neugierig. Sie interessierte sich für Papa Micks rote Haare, die wie fliegende Würmer im Wind flatterten.
„Ich glaube, Papa", lachte Lukas, „ich glaube, die Möwe hat dich zum Fressen gern."
Der Wind wehte vom Meer her und jagte Flugsand über den Strand. Emma war fasziniert von diesem Schauspiel. Der Sand sah fast aus wie dichter Nebel. Wie eine kleine Wolke flog ein zerknülltes Papiertaschentuch dicht über dem Boden auf Mick zu und landete in seinem Gesicht. Mick spuckte und blies das Taschentuch weg.
Direkt am Wasser entdeckte Lukas ein Mädchen. Er stieß seine Schwester an. „Guck mal, ist das nicht Lisa, die mit uns auf der Fähre war?"
„Du meinst das Mädchen mit den doofen Eltern?"
Lukas nickte. „Genau die. Mich interessiert, ob sie die rote Feder noch an ihrem Ohrring hat."

Emma schirmte ihre Augen gegen die Sonne ab und sah zum Wasser. „Ja, ich glaube, das ist sie. Wenn sie die Feder nicht mehr hat, ist das der Beweis, dass sie mein Fahrrad geklaut hat.“
Lukas schüttelte den Kopf. „Die Feder ist kein Beweis, sondern ein Indiz.“
„Aber ist das nicht dasselbe wie ein Beweis?“
„Ein Indiz ist ein Hinweis oder eine Möglichkeit, vielleicht sogar eine Wahrscheinlichkeit“, erklärte Lukas. „Mehr aber nicht.“
Bewundernd sah Emma ihren Bruder an. „Woher weißt du das alles so genau?“
„Na, wozu haben wir denn das *Handbuch für gute Detektive?* “, sagte er. Dann zitierte er: „Ein Indiz sagt, es könnte so gewesen sein. Ein Beweis sagt, so war es.“
Emma staunte: „Sag mal, hast du das Buch von Großonkel Theo auswendig gelernt?“
„Also … “, wollte Lukas antworten. Dann stockte er.

Lisa kam auf sie zu. Die Geschwister sahen, dass das Mädchen weinte. Sie verlor ein tränengetränktes Papiertaschentuch. Emma und Lukas gingen ihr entgegen.
Da rief Mick: „He, wo wollt ihr hin? Vergesst mich nicht! Oder wie lange soll ich noch so hier rumliegen?"
„Mach dir keine Sorgen, Papa", sagte Emma. „Wir sind gleich wieder da."
Emma rannte zu Lisa und fragte: „Wieso weinst du denn? Hast du dir wehgetan?"
Lisa blaffte Emma wütend an: „Ach, lass mich in Ruhe!"
Lukas spielte den Verständnisvollen: „Schon klar, Liebeskummer, was?"
„Von wegen Liebeskummer!", schluchzte Lisa. „Vorhin war so ein dicker Polizist bei uns im Hotel. Er hat meinen Eltern erzählt, ich hätte Fahrräder geklaut."
„Na, dem haben deine Eltern bestimmt ordentlich die Meinung gesagt", sagte Emma.
Lisa schnäuzte sich. „Da kennst du meine Eltern aber schlecht. Die halten

nie zu mir, nie. Denen bin ich sowieso nur im Weg."
Lukas beäugte ihren Ohrring. Die rote Feder fehlte. „Also offen gesagt, verdächtige ich dich auch."
„Sag mal, spinnst du?", wehrte sich Lisa. „Nur weil dir meine Frisur nicht passt?"
„Nein!", sagte Lukas. „Aber wir haben vor dem Hotel *Strandeck* deine rote Feder gefunden."

Emma nickte. „Ganz genau. Und mein Fahrrad stand da auch."
Lisa stöhnte: „Jaja, ihr Klugscheißer. Kann schon sein, dass ich meine Feder da verloren hab. Ich wohne in dem Hotel."
„Siehst du, da haben wir ihn wieder", raunte Lukas seiner Schwester leise ins Ohr, „den Unterschied zwischen Beweisen und Indizien."
„Hm!", überlegte Emma. „Und was hast du jetzt vor, Lisa?"
„Keine Ahnung! Auf jeden Fall kann ich nicht mehr zurück ins Hotel."
„Und wieso nicht?", wollte Emma wissen.
Nervös kratzte sich Lisa am Unterarm. „Du kennst meine Eltern nicht. Da schlaf ich besser hier am Meer in einem Strandkorb oder so."
Mitfühlend schlug Emma vor: „Dann komm doch einfach mit zu uns. In der Ferienwohnung haben wir genug Platz."
Lukas konnte es nicht fassen. „Sag mal, hast du sie noch alle, Emma? Wir können doch nicht einfach … eine Verdächtige mit zu uns nehmen!"

Emma winkte ab. „Ach, hör auf! Guck dir Lisa doch mal an. Die hat richtig Bammel."
Mick war immer noch im Sand eingebuddelt. Die Möwe stand ganz dicht an seinem Kopf und beäugte ihn.
„He, ihr zwei! Holt mich endlich hier raus!" Verzweifelt schaute Mick zum Strandkorb. „Sarah, dann hilf du mir bitte!"
Doch wie immer, wenn seine Frau einen spannenden Roman las, bekam sie nichts um sich herum mit. Sie war völlig in die Geschichte versunken.
„Gleich, Papa!", rief Lukas. „Mach doch nicht so einen Stress!"
„Beeil dich lieber!", forderte Mick. „Ich glaube, die Möwe möchte meine Nase zum Nachtisch fressen."
Emma flüsterte Lisa zu: „Du kannst jederzeit zu uns kommen. Unsere Eltern müssen das ja nicht unbedingt mitbekommen. Wir wohnen in der Barkhausenstraße direkt gegenüber der Eisdiele. Im zweiten Stock."

„Jetzt wird es aber Zeit!“, zeterte Mick. „Die Möwe guckt schon so hungrig.“
Mit ausgebreiteten Armen rannte Lukas auf die Möwe zu und brüllte: „Uuuaaahhh!“
Ängstlich flatterte der Vogel in Richtung Meer davon. Ohne von ihrem Buch aufzusehen, sagte Sarah Janssen: „Pssst, Kinder, nicht so laut …“
Kichernd gruben die Geschwister ihren Vater wieder aus. Währenddessen verschwand Lisa in den Dünen.

11. Kapitel

Nach einem wunderschönen Tag am Strand mit viel Sonne, Eiscreme und Pommes frites fielen Emma und Lukas hundemüde in ihre Betten. Obwohl sie es sich fest vorgenommen hatten, schafften die beiden es nicht mehr, in Großonkel Janssens Handbuch zu lesen. Mick hatte es sich auf der Couch im Wohnzimmer gemütlich gemacht. Eigentlich wollte er seine neueste Idee für eine Kurzgeschichte aufschreiben. Aber er schlief mit dem Stift in der Hand ein. Sarah verschlang das letzte Kapitel ihres Romans. Obwohl der Schluss sehr

spannend war, fielen auch ihr immer wieder die Augen zu. Die klare, frische Seeluft hatte alle Janssens müde gemacht.
In der Ferienwohnung war es in dieser Nacht mucksmäuschenstill. Nur die schwarz-rot-blaue Langeoog-Fahne flatterte vor dem Fenster der Kinder leise im Wind.
Emma träumte von kleinen Seehunden, die ihr bei einem Strandspaziergang hinterherrobbten. „Nein!“, rief sie im Traum. „Ich bin nicht eure Mama!“
Es begann zu donnern, zu blitzen und zu hageln. Emma floh in einen Strandkorb. Zwei kleine Seehunde suchten dort ebenfalls Schutz und kuschelten sich ganz eng an sie. Der Hagel wurde heftiger, bis tischtennisballgroße Brocken auf das Dach des Strandkorbes prasselten.
Emma schreckte hoch. Im ersten Moment hielt sie ihren roten Stoffelefanten Rüssel für einen Seehund. Wenn sie aus Träumen erwachte, brauchte sie immer eine Weile, bis sie wieder in der Wirklichkeit war.

Aber da war immer noch dieses Geräusch. Hagelte es tatsächlich? „Lukas, hör mal, ein Unwetter ...“, flüsterte sie. Ihr Bruder reagierte nicht. Emma stand auf und ging zum Fenster. Der Himmel war sternenklar. Es regnete nicht einmal. Da prasselte wieder etwas gegen die Scheibe. Emma erschrak.
Ein paar Sandkörner blieben am Fenster kleben. Unten auf der Straße entdeckte sie eine Gestalt.
„Lukas, da ist jemand! Da wirft jemand Sand und Steinchen an unser Fenster.“
Lukas reckte sich. „Du träumst wieder ...“
„Nein, ich träume nicht. In meinem Traum hat es gehagelt und da waren ganz süße Seehunde ... aber das hier ist echt.“
Lukas stöhnte. Er fand, dass kleine Schwestern manchmal echt nervig sein konnten.
Wieder knallte etwas gegen die Fensterscheibe. Diesmal hörte auch Lukas das Geräusch. Er sprang auf, öffnete das Fenster und spähte hinaus.

Auf der Straße stand jemand. Die Gestalt hatte ihre Kapuze tief ins Gesicht gezogen. „Hau ab, du Nachtgespenst!“, drohte Lukas. „Andere Leute wollen schlafen.“ Die dunkle Gestalt nahm die Kapuze ab. Lange blonde Haare auf der einen, kahlrasiert auf der anderen Seite. Emma erkannte sie sofort. „Lisa!“, raunte sie. „Was ist los?“

„Ihr seid vielleicht Trantüten!“, zischte das Mädchen. „Ich dachte, ich kann bei euch pennen.“
„Du hast vielleicht Nerven!“, maulte Lukas. „Es ist mitten in der Nacht.“
„Ich wollte ja auch keinen Mittagsschlaf machen, Kleiner!“, erwiderte sie.
„Und warum wirfst du Steine an unser Fenster?“, wollte Lukas wissen.
Lisa verdrehte die Augen. „Na, hätte ich vielleicht klingeln sollen, oder was? Jetzt lasst mich endlich rein. Oder war euer Angebot nicht ernst gemeint?“
„Ich komm runter!“, sagte Emma entschlossen. Sie schlich an ihren schlafenden Eltern vorbei und tapste nach unten.

12. Kapitel

Lisa saß im Schneidersitz auf dem Boden. Lukas thronte auf dem Etagenbett und baumelte mit den Beinen. Er wollte sich von Lisa nichts vormachen lassen. Für ihn war ihre Unschuld noch lange nicht bewiesen. Dass sie so traurig gucken konnte, reichte ihm nicht aus. Vielleicht hatte sie sich nur bei ihnen eingeschlichen, um noch mehr zu klauen.
„Nun mal raus mit der Sprache!“, sagte er. „Was hast du mit der ganzen Sache zu tun?“
Lisa hatte einen trockenen Hals und räusperte sich. Emma holte Lisa ein Glas Wasser und sagte beruhigend:

„Wir haben auch noch Kekse, wenn du Hunger hast."
Lisa schüttelte den Kopf und trank einen Schluck. Sie sah aus, als würde sie sich schämen. Das passte gar nicht zu ihr.
Emma legte ihr eine Hand auf den Arm. „Erzähl uns einfach die Wahrheit, das ist immer am besten."
Vorsichtig begann Lisa: „Wir haben keine Räder geklaut, jedenfalls nicht wirklich. Das war doch nur ein Spaß."
„Spaß?!", blaffte Lukas.
Lisa hob verlegen die Hände. „Ja, vermutlich kein guter ... Wir haben die Räder nur versteckt und fanden es witzig, die Leute dann beim Suchen zu beobachten."
„Haha, sehr lustig!", kommentierte Lukas.
„Habt ihr denn noch nie jemandem einen Streich gespielt?", verteidigte sich Lisa.
Emma lächelte. „Oh doch! Am liebsten unserem Nachbarn in Norddeich. Einmal hat Lukas sich sogar als Eisbär verkleidet und sich in seinem Garten versteckt."
Lukas war das unangenehm. „Das spielt

doch jetzt gar keine Rolle, Emma. Außerdem ist das hier ein Verhör."

„Verhör?", fragte Lisa erstaunt. „Bin ich bei der Polizei, oder was?"

„Das nicht!", grinste Lukas. „Aber du bist bei den Nordseedetektiven gelandet."

Lisa riss die Augen auf. „Wo bin ich gelandet?"

Emma erklärte: „Wir lösen die schwierigen Fälle, die die Polizei alleine nicht lösen kann."

Lisa nickte anerkennend. „Okay, na dann."

„Zurück zur Sache", fuhr Lukas fort. „Im letzten Monat wurden auf der Insel vierzig Fahrräder geklaut. Die können ja nicht alle irgendwo versteckt sein."

„Letzten Monat war ich gar nicht hier!", erwiderte Lisa. „Aber die Polizei glaubt jetzt, dass ich zu einer Bande gehöre, die die Räder aufs Festland bringt, um sie dort zu Geld zu machen.“

Im Wohnzimmer räkelte sich Sarah Janssen auf dem Sofa. Der dicke Roman fiel ihr aus der Hand. Von dem Geräusch wurde sie wach. Verschlafen rieb sie sich die Augen. Aus Emmas und Lukas’ Zimmer drangen doch Stimmen?! Sarah stand auf, um nach ihren Kindern zu sehen. Ihr Nacken war verspannt. Sie blieb kurz stehen, bog ihren Rücken durch und massierte ihre Schultern. Emma, Lukas und Lisa zuckten zusammen. „Das ist Mama!“, flüsterte Emma.

Sie erkannte sie am schlurfenden Gang. Lukas rollte sich auf seine Matratze zurück. Lisa kroch unter das Bett. Emma löschte das Licht und verschwand in letzter Sekunde unter der Bettdecke. Das Herz schlug ihr bis zum Hals. Lukas bemühte sich, keinen Mucks zu machen. Als Sarah durch den Türspalt schaute, hörte sie nur leises, gleichmäßiges Atmen. „Gute Nacht, ihr beiden, schlaft schön“, flüsterte sie in die Dunkelheit.

13. Kapitel

Die halbe Nacht schmiedeten Emma, Lisa und Lukas Pläne. Lisa versprach den Nordseedetektiven, so gut wie möglich bei der Aufklärung des Falles zu helfen. Sie wollte unbedingt beweisen, dass sie keine Diebin war. Zurück ins Hotel konnte sie sowieso nicht. Sie würde großen Ärger von ihren Eltern bekommen. Und auch der Inselpolizist Herr Fröhlich würde ihr keinen Glauben schenken.
Gegen zwei Uhr morgens schlief Lisa völlig übermüdet in Emmas Bett ein.

Emma deckte sie zu und machte es sich mit der Wolldecke auf der Couch gemütlich. Lukas schnarchte leise. Und bald fiel auch Emma in einen tiefen, traumlosen Schlaf.
Am nächsten Morgen wurden die Kinder von Micks fröhlichem Gesang geweckt. Wenn Papa Janssen etwas nicht konnte, dann war es singen. Dennoch tat er es voller Leidenschaft. In der Biobäckerei in der Gartenstraße hatte er frische Brötchen gekauft. Schon die Namen der Backwaren gefielen ihm. Mick wollte seine Familie mit Langeooger-, Seefahrer-, Kürbiskern- und Flinthörn-Brötchen überraschen. Außerdem hatte er vier Nussecken und für Sarah ein Croissant mitgebracht.
Die Kinder rochen den Duft der frischen Brötchen. Sie hatten einen Bärenhunger. Lisa streckte sich und gähnte.
„Aber ich kann mich doch nicht einfach zu euch an den Frühstückstisch setzen“, sagte sie.
„Wenn du nichts bekommst, esse ich

auch nichts!“, antwortete Emma. Lisa lächelte dankbar.
„Bevor wir uns an die Arbeit machen, brauchen wir ein ordentliches Frühstück!“, rief Lukas. „Mit einem Loch im Bauch kann man keinen Fall lösen. Und deswegen ist heute Prinzessinnentag.“
„Prinzessinnentag?“, fragte Emma verwirrt.
„Ich bin doch kein Baby mehr, Kleiner!“, erwiderte Lisa.
Lukas winkte ab. „Nun lasst euch doch mal so richtig verwöhnen, wie es sich für echte Prinzessinnen gehört. Später könnt ihr dann ja zu den coolsten Ermittlerinnen werden. Mit vollem Magen versteht sich.“
Emma grinste. „Na, jetzt bin ich aber gespannt.“
Stolz ging Lukas in die Küche, wo Sarah und Mick schon am gedeckten Tisch saßen. Sarah goss sich gerade ihre zweite Tasse Kaffee ein. „Guten Morgen, Lukas!“, freute sie sich. „Wo steckt denn Emma?“

„Der Kakao ist schon fertig“, ergänzte Mick mit vollem Mund.
Lukas holte ein Tablett aus dem obersten Küchenschrank und stellte es auf den Tisch. „Emma kommt nicht zum Frühstück. Heute ist Prinzessinnentag. Da bediene ich sie selbstverständlich.“
Verwundert sahen sich Sarah und Mick an. „Wie, Prinzessinnentag?“, fragte Mick. „Das sind ja ganz neue Töne.“
„Aber Papa“, erklärte Lukas, „sag bloß, das kennst du nicht. Am Prinzessinnentag bedienen Brüder ihre Schwestern, Papas die Mamas und Opas die Omas. Machst du das etwa nicht?“
Amüsiert guckte Sarah zu ihrem Mann. „Tja, Mick, nimm dir mal ein Beispiel an deinem Sohn.“
Mick Janssen stammelte: „Also, äh, von so einem Tag hab ich noch nie gehört. Außerdem war ich heute schon Brötchen holen. Ich hab dir sogar ein Croissant mitgebracht, Sarah.“
Lukas packte ein paar Brötchen, Erdbeermarmelade, Butter, Rührei, Wurst und

HON

Käse auf das Tablett. Sarah presste frische Orangen aus und stellte zwei Gläser Saft dazu. Hoffentlich bemerkten seine Eltern nicht, dass er drei Tassen Kakao, Geschirr und Besteck für drei Personen mitnahm. Aber als guter Detektiv wusste Lukas, wie man geschickt von sich ablenkte.
„Soll ich dir helfen?", fragte Mama Janssen. „Ich glaube, das Tablett ist ganz schön schwer."
„Nein, nein! Das schaff ich locker. Außerdem hast du heute auch Prinzessinnentag." Lukas zwinkerte Mick zu. „Stimmt doch, Papa ...?"
Sarah schmunzelte. „Sag mal, Papa und ich machen gleich nach dem Frühstück eine Radtour durchs Pirolatal im Osten der Insel", rief sie Lukas hinterher. „In der Meierei wollen wir Dickmilch mit Sanddorn probieren. Soll ganz lecker schmecken."
„Das ist ja super", dachte Lukas. „Wenn Mama und Papa weg sind, haben wir freie Bahn für unsere Ermittlungen."

„Tolle Idee, Mama!“, freute er sich. „Wir würden gern noch etwas im Bett rumliegen und lesen. Und heute Nachmittag ist ein Volleyballturnier am Strand, da gucken wir zu.“
Mick stellte das Frühstücksgeschirr in die Spülmaschine. „Na klar, macht das. Aber räumt doch bitte später den Küchentisch ab und nehmt den Müll mit nach unten.“
„Aye, aye, Käpt’n!“, lachte Lukas und balancierte das volle Tablett zurück ins Kinderzimmer.

14. Kapitel

Begeistert biss Lisa in ein Brötchen mit Butter und Erdbeermarmelade. „Boa, voll lecker!“, schwärmte sie. „Ich krieg echt gerade eine Fressattacke. Hab ich immer, wenn ich auf einer Insel bin.“
Emma belegte sich ein Brötchen mit Käse und schlürfte ihren Kakao. Lukas grinste und schob sich noch eine Gabel Rührei in den Mund.
„Ich hol mal Nachschub!“, versprach er und ging mit dem leeren Tablett zurück in die Küche.
„Emma haut vielleicht rein, Mama!“, erklärte er.

Sarah freute sich. „Nimm nur, Junge!"
Mick Janssen hob den Daumen.

Als die Tür hinter Sarah und Mick ins Schloss fiel, atmeten die drei erleichtert auf. „So!", sagte Emma. „Die sind wir schon mal los."
„Jo!", nickte Lukas. „Eine Radtour zur Meierei ist ein Tagesausflug. Vor dem Abendessen sind die nicht zurück."
„Perfekt!", sagte Emma. „Dann können die Nordseedetektive in Ruhe ermitteln. Wir werden die Fahrraddiebe schon kriegen und beweisen, dass du unschuldig bist, Lisa."
Lisa hielt kurz inne. Sie war gerührt.
Es war ihr jetzt peinlich, dass sie dabei mitgemacht hatte, die Räder der Familie Janssen zu verstecken.
Lukas blätterte im *Handbuch für gute Detektive*. *„Klärung eines Tathergangs"*, las er vor.
„Es ist wichtig, so viele Personen wie möglich zu befragen. Oft wissen Menschen nicht, dass selbst kleinste

Details zur Aufklärung des Tathergangs beitragen. Viele Puzzlestückchen ergeben ein großes Gesamtbild. Am besten spricht man mit Nachbarn und allen, die etwas gesehen haben könnten und zum Tatzeitpunkt in der Nähe waren.“

Emma stöhnte. „Na ganz toll! Und wo sollen wir bitte schön mit der Befragung anfangen?“
Lisa wiegte den Kopf hin und her.
„Na ja …“, begann sie. „Meine Freunde sind schon länger auf der Insel. Einer von uns, Kevin, wurde geschnappt. Aber dann sind da noch Harry, Akki, Susa und Bärchen. Vielleicht haben die ja was gesehen.“
„Okay, das wäre schon mal ein Anfang.“ Lukas putzte seine Brille und setzte sie wieder auf. „Die wollen bestimmt auch, dass die echten Täter geschnappt werden. Das entlastet euch alle. Falls ihr wirklich unschuldig seid …“
„Fang bloß nicht wieder so an!“, schimpfte

Lisa. „Wir haben nur einen saublöden Scherz gemacht. Wir sind keine Diebe!"
Lukas holte den Detektivkoffer unter dem Bett hervor und öffnete ihn. Er wollte überprüfen, ob alle Instrumente, die sie zur Lösung des Falles brauchen könnten, vollständig waren.
„Guck mal, Emma. Was ist das denn? Ist mir noch nie aufgefallen!"
Lukas zeigte in den Koffer. Emma nahm ein Kästchen heraus und öffnete es. Mullbinden, Pflaster, Wunddesinfektionsmittel und eine kleine Schere waren darin.
„Hm", überlegte sie, „wozu hatte unser Großonkel denn einen Verbandskasten im Detektivkoffer?"
Lukas zuckte mit den Schultern. „Er wird sich schon was dabei gedacht haben."
Er legte das Kästchen wieder zurück, schloss den Detektivkoffer und steckte ihn in seinen Rucksack.
„Okay!", sagte er entschlossen. „Als Erstes besuchen wir mal diesen Harry.

Du weißt sicher, wo der sich aufhält, Lisa, oder?“
Sie nickte. „Klaro, Kleiner!“
Aufgeregt stürmten die drei die Treppe hinunter. Lukas stoppte plötzlich.
„Mist, wir müssen noch den Tisch abräumen und den Müll rausbringen.“
Emma verschränkte die Arme vor der Brust und sagte: „Wir? Ich denke, heute ist Prinzessinnentag …“
„O Mann, ey. Typisch Mädchen!“, maulte Lukas und stapfte missmutig zurück in die Wohnung. Er holte die volle Mülltüte aus dem Abfalleimer. Den Küchentisch konnten sie später immer noch abräumen, fand er.

Harry wohnte mit seinen Eltern in einer Ferienwohnung ganz in der Nähe des Wasserturms. Als sie die Barkhausenstraße entlang gingen, stellte Emma fest: „Es gibt eigentlich nur zwei Möglichkeiten: Entweder die vierzig gestohlenen Fahrräder bleiben auf der Insel – dann müssten wir sie hier finden.

Oder jemand bringt sie aufs Festland, um sie dort zu verkaufen."
Lukas nickte. „Der Transport nach Bensersiel ist nur mit der Fähre möglich. Mit den Inselfliegern geht das nicht."

„Gut kombiniert, Meisterdetektiv!“, lobte Emma ihren Bruder.
Lisa zuckte zusammen. Sie schien irgendetwas oder irgendjemanden gesehen zu haben und flüchtete in ein Café.
„He, Lisa! Was machst du denn?“, rief Lukas. „Wir haben doch eben erst gefrühstückt.“
Emma zeigte auf Herrn Fröhlich, den Inselpolizisten, der schwer atmend und mit fiebrigen Augen auf sie zukam.
„Moin, Herr Fröhlich! Haben Sie die Täter schon gefunden?“, begrüßte sie ihn freundlich.
Ärgerlich winkte der Polizist ab. „Es ist zum Mäusemelken. Heute Nacht wurden wieder fünf Räder gestohlen. Vier davon aus dem Fahrradverleih. Die Räuber machen aber auch vor nichts halt. Und diese Lisa mit den blonden Haaren ist auf der Flucht. Die Insel kann sie noch nicht verlassen haben. Das haben wir kontrolliert.“
Stumm guckten Emma und Lukas sich an. Lisa war die ganze Nacht bei ihnen

gewesen. Sie hatte ein sicheres Alibi und konnte die Fahrräder nicht gestohlen haben.
Sie versuchten Herrn Fröhlich abzulenken, damit er Lisa nicht entdeckte. Die hatte das Café bereits wieder verlassen und stand an der Eingangstür. Drinnen saßen ihre Eltern, tranken Ostfriesentee aus kleinen Tassen mit Rosenmuster und stritten sich. Lisa bückte sich und tat so, als würde sie etwas auf dem Boden suchen.

Cafe Leiß

Lukas verschränkte die Arme vor der Brust. „Wichtiger als diese Lisa zu jagen, wäre bestimmt, die Fähren zu überwachen."
„Ganz schön frech, der Junge", dachte Herr Fröhlich. Ihm war ganz heiß, er hatte Fieber.
Emma tänzelte vor ihm hin und her und flötete: „Die Diebe müssen die Räder ja irgendwie von der Insel bringen …"
Der Polizist hustete. „Vielleicht wollen diese Verbrecher einen illegalen Fahrradverleih auf der Insel aufmachen. Die lackieren die Räder um und …"
„Glaub ich nicht", hakte Lukas ein. „Wenn die es geschafft haben, vierzig Räder zu klauen, können sie nicht völlig verblödet sein. Und ein neuer Fahrradverleih würde hier auf Langeoog sofort auffliegen."
Herr Fröhlich baute sich vor Lukas auf und sagte mit belegter Stimme: „So, du Schlaumeier, und was glaubst du, was sie mit den Rädern machen? Sie werden sie ja wohl kaum in ihr Album kleben. Es sind ja keine Briefmarken."

Jetzt huschte Lisa hinter Herrn Fröhlich vorbei und versteckte sich hinter den Fahrradständern. Ihre Eltern hatten sich so sehr gezankt, dass ihr Vater mit hochrotem Kopf aus dem Café stürmte und seine Frau samt Tee und Rechnung sitzen ließ.
Lisa wusste nicht, wohin sie fliehen sollte. Schnell streckte Emma Lisas Vater die Zunge heraus und rief: „Häh-näh-näh-näh-näh“. Er war empört über das Verhalten der heutigen Jugend und drohte ihr mit der Faust. Sie lief zu Herrn Fröhlich, klammerte sich an ihn und rief: „Der doofe Mann da ist gemein zu mir.“
Sofort war der Polizist bereit, Emma zu helfen: „Wer ist gemein zu dir?“
Das war Lisas Chance. Im Schutz einer vorbeifahrenden Pferdekutsche lief sie in Richtung Wasserturm.
„Du kleine Göre! Du hättest ein paar Ohrfeigen verdient“, schimpfte Lisas Vater.
Breitbeinig stellte sich Herr Fröhlich vor ihn. „Guter Mann, wir sind hier auf

Langeoog. Hier wird niemand vom Hai gefressen oder vom Auto überfahren und hier werden auch keine Kinder verhauen. Langsam bin ich mir nicht mehr sicher, vor wem Ihre Tochter eigentlich flüchtet. Vor der Polizei oder vor Ihnen?"
Wutschnaubend verschwand Lisas Vater in einer Gruppe Touristen. Herr Fröhlich schwitzte und seine rote Nase lief. Emma hielt ihm ein Taschentuch hin. „Sie hat es ja total erwischt, Herr Fröhlich."
„Tja, die Sommergrippe." Er schnäuzte sich. „Ich kann es mir einfach nicht leisten, im Bett zu bleiben. Ihr wisst ja, was gerade hier los ist. Ein Fahrraddiebstahl nach dem anderen. Und ich bin der einzige Polizist auf Langeoog. Bevor die vom Festland mir Verstärkung schicken, kommt der Weihnachtsmann."
Lukas und Emma hatten Mitleid.
„Dann helfen wir Ihnen eben, Herr Fröhlich!", sagte Lukas.
Der Polizist lachte: „Ihr wollt wohl meine Hilfssheriffs werden, was?

Ich glaube, dazu seid ihr noch ein bisschen zu jung."
„Blödsinn!", rief Emma. „Wir sind doch die Nordseedetektive!"
Herr Fröhlich lachte: „Das habe ich schon gehört!"
Er lud die Geschwister in das Eiscafé *Venezia* ein. Emma bestellte sich einen kleinen Eisbecher mit Erdbeer und Zitrone. Lukas aß Schokolade und Stracciatella, das mochte er am liebsten. Er schob sich einen Löffel Eis in den Mund und schlug vor: „Wenn Sie nicht genug Leute haben, könnten wir doch für Sie die Fähren überwachen."
Der Polizist nippte an seinem Pfefferminztee. „Tja, mein Junge. Die Fähren lasse ich schon von der Reederei kontrollieren. Damit haben die Diebe die Räder jedenfalls nicht von der Insel gebracht. Und mit dem Flugzeug geht's schon mal gar nicht. Aber wenn die Räder noch auf der Insel sind, müsste ich sie doch finden können. Ich stehe vor einem Rätsel."

Emma schleckte ihren Löffel ab. „Das verstehe ich einfach nicht. Die Räuber können doch nicht zaubern. Wie um alles in der Welt machen die das?"
Ein Autohupen war zu hören.

Emma zeigte auf ein rotes Elektrofahrzeug, das Abfallsäcke abtransportierte, und grinste. „Ich dachte, auf Langeoog dürfen keine Autos fahren."
„Stimmt", sagte Herr Fröhlich. „Aber eine Müllabfuhr haben wir natürlich schon. Die holen gerade Sperr- und Gewerbemüll ab."
Lukas schob seinen Eisbecher von sich weg. „Und wohin wird der Abfall dann gebracht? Wo ist denn hier die Müllhalde?"
Der Polizist lachte. „So was gibt es hier nicht. Zur Entsorgung bringen wir den Müll aufs Festland."
Emma sah in die Runde und fragte: „Denkt ihr auch, was ich denke?"
Herr Fröhlich und Lukas nickten.
Der Polizist freute sich: „Ihr seid wirklich clever!"
Dann erklärte er: „Jetzt in der Hauptsaison fährt mehrmals täglich ein Lastwagen mit einem großen Container vom Recyclinghof zum Hafen. Dort wird der Müll auf ein Frachtschiff

geladen. In einen Container passen mehr als zwanzig Kubikmeter Abfall. So ein Elektroauto wie da vorne kann höchstens eineinhalb Kubikmeter Müll transportieren. Es müssen also ein Dutzend E-Karren zum Hafen fahren, um die gleiche Menge wegzuschaffen wie ein Laster."
Schnell rechnete Emma im Kopf nach. „Ein Dutzend sind doch zwölf, oder? Und zwölfmal eins Komma fünf sind achtzehn. Die müssen also etwa vierzehnmal mit dem LKW hin- und herfahren."
Herr Fröhlich nickte. Er mochte kluge Kinder. „Ja, Emma. Du hast völlig recht."
„Und jetzt wissen wir auch, was mit den gestohlenen Fahrrädern passiert", folgerte Lukas.
Obwohl die Kinder ihr Eis noch nicht aufgegessen hatten, stand Herr Fröhlich auf. „Wenn die Diebe die Räder mit dem Frachtschiff aufs Festland bringen, können wir die Personenfähren lange überwachen. Der nächste Frachter fährt heute Abend."

Lukas löffelte den Rest Schokoladeneis aus dem Becher und sagte: „Ich halte jede Wette, dass da ein paar gestohlene Fahrräder an Bord sind."
Der Polizist hustete. „Ich bin zwar überhaupt nicht fit, aber ich werde die Jungs auf frischer Tat ertappen. Vielen Dank, ihr zwei! Ihr habt mir sehr geholfen, aber ab jetzt überlasst ihr die Sache der Polizei. Unter keinen Umständen dürft ihr über die Ereignisse sprechen. Wir müssen vorsichtig sein. Ein Wort zu viel und die Diebe sind gewarnt."
Herr Fröhlich zahlte die Rechnung und verabschiedete sich von Emma und Lukas. Kaum war er um die Ecke verschwunden, kam Lisa an ihren Tisch.
„Na, schmeckt es? Ich hab alles mit angehört."
Emma schob ihr den Rest von ihrem Zitroneneis hin. Es war geschmolzen, aber Lisa aß es trotzdem gierig.
„Du verrätst nichts, okay?" Emma guckte ihre Freundin ernst an.
„Ich bin doch nicht blöd! Außerdem

sind wir heute Abend doch bestimmt mit dabei. Oder etwa nicht?“

Lukas deutete auf seinen Rucksack. „Wir haben ein Nachtsichtgerät und eine Digicam mit einem super Fernobjektiv. Damit kannst du eine Fliege in hundert Metern Entfernung fotografieren. Wir werden beweiskräftige Fotos machen.“

Lisas Augen leuchteten. „Und damit beweisen wir meine Unschuld.“

15. Kapitel

Lukas guckte auf sein Handy. „Immer noch sturmfreie Bude!“, freute er sich. Mick und Sarah Janssen hatten sich in der Meierei eine weitere Portion Dickmilch mit Insel-Sanddorn bestellt. Die Kinder konnten es sich in der Ferienwohnung also so richtig gemütlich machen. Da der Frühstückstisch noch nicht abgeräumt war, bedienten sich alle drei noch einmal an den Leckereien.

Lukas schlug im *Handbuch für gute Detektive* unter: *Beweissicherung während einer laufenden Straftat* nach. „Hört mal, was hier steht:

Wenn ein Detektiv herausgefunden hat, wann und wo eine Straftat begangen werden soll, gilt es zur Sicherung gerichtsverwertbarer Beweise, alles in Bild und am besten auch in Ton zu dokumentieren. Der Detektiv muss so nah wie möglich an das Geschehen heran, für den oder die Täter aber unsichtbar bleiben.

Manchmal musste ich stunden-, ja tagelang in einem Versteck ausharren. Ich erinnere mich an einen Fall, da ging es um Schmuckraub. Ich wusste zwar, wo die Beute war, kannte die Täter aber noch nicht. Ich versteckte mich in einem Erdloch auf einem Hügel, um die Stelle zu beobachten, wo der Schmuck vergraben war. Einen ganzen Tag und eine Nacht lag ich auf der Lauer. Zum Glück war ich gut vorbereitet, hatte mir Brote eingepackt und eine Thermoskanne mit heißem Tee dabei. Doch dann musste ich ganz dringend zur Toilette. Ich krabbelte also aus dem Erdloch und erleichterte mich ein paar Meter weiter in einem Gebüsch. Genau in diesem Moment kamen die Gangster, um ihre Beute abzuholen. Meine Kamera und meine Aufnahmegeräte befanden sich natürlich noch in meinem Versteck. Nur wenige Meter von mir entfernt und doch unerreichbar. Ich konnte den Tätern nur dabei zusehen, wie sie ihre Beute ausbuddelten und damit auf Nimmerwiedersehen verschwanden.

Eines habe ich aus der Sache gelernt: Von seinen Arbeitsmaterialien trennt man sich niemals, unter keinen Umständen. Die Kamera gehört zum Detektiv und nicht in ein Erdloch."

Lukas klappte das Buch zu.
„Und was bedeutet das für uns?“, fragte Emma.
Lisa rieb sich erwartungsvoll die Hände. „Dass wir Brötchen schmieren und Kaffee kochen müssen?“
Lukas grinste. „Du denkst auch nur ans Essen, oder? Auf jeden Fall müssen wir rechtzeitig am Tatort sein und uns gut verstecken.“
Emma nickte. „Ja, und wie Großonkel Janssen schreibt: *für den Täter unsichtbar bleiben*.“

„Genau!“ Lukas stand auf. „Und das gilt auch für die Polizei. Los, Leute! Wir suchen uns ein gutes Versteck am Hafen.“

16. Kapitel

Bei Gegenwind radelten die drei Spürnasen zum Hafen. Es hatte sich merklich abgekühlt. Die Abendluft roch nach Meer. Mitten auf dem Weg fand eine große Krähen-Zusammenkunft statt. Die schwarzen Vögel benahmen sich, als ob dieses Fleckchen Erde ihnen gehörte. Für die Kinder sah es so aus, als würden sie sich lebhaft unterhalten, ja miteinander streiten. Lukas hatte die Hand schon an der Bremse. Dann stoben die Vögel auseinander und schimpften hinter den

Kindern her, die ihre große Versammlung gestört hatten. Ein Schaf lief neben Emma her, als hätte es vor, ein Wettrennen zu gewinnen. Sie trat kräftig in die Pedale, und irgendwann gab das Schaf meckernd auf.

Am Hafen stand ein altes Segelboot. Es hatte ein Leck und sollte offensichtlich repariert werden.
Emma freute sich. „Ein besseres Versteck werden wir kaum finden."
„Stimmt!", gab Lukas seiner Schwester recht. „Vom Schiff aus haben wir perfekte Sicht."
Sie lehnten ihre Fahrräder an den Schiffsrumpf und kletterten ins Boot.
„Schade, dass der alte Kutter hier keinen Mastkorb hat", bemerkte Lukas. „Sonst hätte ich von da aus die Fotos schießen können."
An Deck lagerten zwei große Holzkisten. Mit vereinten Kräften stapelten die Kinder sie aufeinander und versteckten sich dahinter.

„Genial!“, sagte Lisa.
Emma stellte ihr Handy lautlos und sagte: „Das macht ihr am besten auch gleich, sonst verrät uns am Ende noch ein blöder Klingelton.“
Lukas spähte durch seine Digicam und zoomte eine Möwe heran. In dem Moment sagte Lisa: „Wisst ihr was? Wir sollten unsere Räder irgendwo anders verstecken. Sonst weiß gleich jeder, dass wir hier in der Nähe sind.“
„Mist!“, sagte Emma. „Wie konnten wir so blöd sein?“
Lukas lobte Lisa. „Aus dir wird noch mal eine echte Nordseedetektivin. Ich merk das schon.“
Gemeinsam versteckten sie die Räder unter einer stabilen Plastikplane.
Als sie fast zwei Stunden gewartet hatten und Emma langsam zu frieren begann, sagte Lisa: „Vielleicht hätten wir doch auf euren Großonkel Theobald F. Johansen hören sollen. Ein paar Brote und eine Thermoskanne Tee wären jetzt nicht schlecht.“

Emma lachte. „Er hieß Theodor C. Janssen. Aber du hast recht!"
„Soll ich zurückradeln und ein paar Fischbrötchen besorgen?", schlug Lisa vor.
In dem Moment entdeckte Lukas Herrn Fröhlich auf seinem Fahrrad. Der Polizist hustete und schien Mühe zu haben, sich auf seinem Drahtesel zu halten.
„Ach, ist der auch schon da?", witzelte Lukas. Er beobachtete, wie der Polizist sein Fahrrad ordentlich in einem Ständer abstellte und sich hinter einem Stapel Holz versteckte.
„O Mann!", stöhnte Emma. „Sollen wir ihm sagen, dass er sein Fahrrad verstecken soll oder kommt er selbst noch drauf?"
Als hätte er die drei Spürnasen belauscht, ging Herr Fröhlich zu seinem Fahrrad zurück und trug es hinter den Holzstapel. Obwohl es noch gar nicht richtig dunkel war, holte Emma das Nachtsichtgerät aus dem Rucksack und sah damit aufs Meer hinaus. Vom Festland näherte

sich ein Schiff mit großer Ladefläche.
„Das muss das Frachtschiff sein!“, sagte sie laut. Es hatte einen blauen Rumpf, einen orangefarbenen Bordkran und hieß „Onkel Otto“.
Von fern knatterte der Lastwagen mit dem großen Container heran. Als der Frachter angelegt hatte, wurde eine Rampe ausgefahren. Der LKW parkte direkt am Schiffsanleger.

Polizist Fröhlich verließ sein Versteck und rannte hinüber. „Halt! Polizei!“, schrie er den Fahrer an. „Bitte steigen Sie sofort aus! Ich möchte etwas überprüfen!“
Der Fahrer blieb erstaunt hinter dem Lenkrad sitzen, aber der Beifahrer öffnete die Tür.
Emma sorgte sich um Herrn Fröhlich. „Oh je!“, murmelte sie. „Der hat das *Handbuch für gute Detektive* nicht gelesen. Sich unsichtbar machen geht anders.“
Lukas fotografierte eifrig und zoomte jetzt den Beifahrer heran, der aus dem Führerhäuschen kletterte.

„Ich glaub es nicht!“, staunte Lukas. „Das ist doch der Typ mit der bescheuerten Tätowierung. Mit ‚Liebe‘ ohne ‚e‘.“
„Hä?“, fragte Emma. „Wer soll das sein?“
Lisa flüsterte. „Ich weiß, wen Lukas meint. Der hat mir sein Piratentuch gegeben, als wir mit der Fähre rübergefahren sind.“
„Genau!“, bestätigte Lukas. „Hieß der nicht Keno oder so?“
Emma musste kichern. „Ach der! Ich erinnere mich. Der wirkte doch eigentlich ganz nett.“
„So kann man sich täuschen!“, antwortete Lisa.

Lukas knipste eine ganze Bilderserie von der Szene am Lastwagen. So gut es ging, holte er Kenos Gesicht und die Tätowierung heran.
Herr Fröhlich kletterte in den Container. Keno folgte ihm. Der Polizist räumte zwei große Müllsäcke beiseite. Unter einer großen Plastikplane entdeckte er ein nagelneues Fahrrad.
„Oh!“, sagte er. „Haben Sie denn dafür eine Erklärung?“
Keno zuckte mit den Schultern. „Was die Leute heutzutage so alles wegwerfen. Da kann man nur den Kopf schütteln.“
Grimmig sah Herr Fröhlich ihn an. „Wollen Sie mich für blöd verkaufen, oder was? Ich sage Ihnen mal was: Sie gehören zu einer Bande, die auf der Insel Langeoog Fahrräder klaut und mit dem Frachter hier aufs Festland bringt, um sie dort zu verticken. Wahrscheinlich ins Ausland.“
Keno grinste: „Sie irren sich, Herr Wachtmeister. Wir machen das nicht nur auf Langeoog, sondern auf allen

sieben ostfriesischen Inseln."
„Im Namen des Gesetzes!", rief der Polizist. „Sie sind verhaftet!"
Keno tat so, als ob er stolpern würde und griff blitzschnell nach einem verrosteten Eisenrohr. Damit schlug er auf Herrn Fröhlich ein. Den ersten Schlag wehrte der Polizist mit den Händen ab. Der zweite traf ihn voll am Kopf. Er wurde ohnmächtig. Keno stieß ihn mit dem Fuß an. Als er sich nicht rührte, ließ er ihn einfach liegen und stieg aus dem Container.
Emma zuckte zusammen. „Habt ihr das gesehen? Der arme Herr Fröhlich!"
Lisa zupfte Lukas am Ärmel. „Lasst uns einfach abhauen!"
Erschrocken schüttelte Emma den Kopf. „Aber nein, wir müssen Herrn Fröhlich unbedingt helfen!"
Lukas sah Lisa und seine Schwester entschlossen an. „Los, ihr beiden! Wir drei und die Nordsee, wir überstehen jeden Sturm."
So leise wie möglich kletterten sie aus dem Schiff und huschten zum Lastwagen.

Als der Bordkran den Container auf das Frachtschiff hob, waren die Kinder bereits bei Herrn Fröhlich. Emma beugte sich über ihn.
„Er lebt aber noch, oder?“, fragte Lisa vorsichtig.
Emma nickte. „Ja, er atmet. Aber er blutet am Kopf. Wir müssen was tun.“
Lukas legte einen Finger auf seine Lippen. „Nicht so laut. Keno steht da unten und raucht.“

Das Schiff legte ab. Lukas öffnete den Detektivkoffer. Jetzt wussten die Nordseedetektive, warum ihr Großonkel den Verbandskoffer besorgt hatte. Detektive mussten auch mit solchen Situationen fertig werden. Neben einem großen Pflaster fand Emma noch ein Fläschchen mit Desinfektionsmittel in dem Kästchen. Gemeinsam verarzteten die drei Herrn Fröhlich. Es war, als täten sie damit auch etwas gegen ihre eigene Angst. Denn inzwischen befanden sie sich gemeinsam mit den Verbrechern mitten auf dem Meer.
Lisa überlegte: „Sollen wir uns nicht einfach an den Kapitän wenden? Kann doch sein, dass der überhaupt keine Ahnung hat, was hier läuft. Der hilft uns bestimmt."
Lukas wehrte ab: „Wir dürfen keinem trauen. Wir können uns jetzt nur auf uns selbst verlassen. Die Überfahrt dauert nicht lange. Wir müssen durchhalten, bis wir an Land sind. Ich rufe die 110 an. Die Polizei wird dann in Bensersiel auf uns warten."

ONKEL OTTO

Während Lukas mit zitternden Händen den Notruf wählte, sagte Emma: „Die sollen auch gleich einen Rettungswagen mitbringen.“
Ein Schwarm Möwen kreiste über dem Container. Die Kinder hörten ihre hungrigen Schreie. Die Raubvögel waren auf der Suche nach Nahrung.

17. Kapitel

Zur Verblüffung des Kapitäns und des Steuermannes warteten am Anleger in Bensersiel drei Polizeiautos und ein Krankenwagen. Die beiden hatten von den krummen Geschäften, für die ihr Frachtschiff benutzt wurde, keine Ahnung. Keno versuchte sich der Verhaftung durch einen Sprung ins Wasser zu entziehen. Das war keine gute Idee. Denn er konnte nicht schwimmen. Keno planschte, spuckte und schrie: „Hilfe! Hilfe!"
So kam es, dass er zuerst von der Polizei gerettet und dann festgenommen wurde.

Im Krankenwagen kam Herr Fröhlich wieder zu Bewusstsein. Emma fiel ein Stein vom Herzen. Sie hielt seine Hand. „Was ist los?", fragte er. „Bin ich im Himmel? Bist du ein Engelchen?"
Dabei zwinkerte er Emma zu.
„Nein, Sie sind im Rettungswagen. Und ich bin Emma von den Nordseedetektiven", antwortete sie ernst.
Herr Fröhlich lächelte. „Na dann bin ich ja in den besten Händen."
Lukas kuschelte sich in eine Decke und trank heißen Früchtetee. „Ich glaube", sagte er, „wir sollten unsere Eltern anrufen. Die haben schon ein paarmal versucht, uns zu erreichen. Bestimmt machen sie sich große Sorgen."

18. Kapitel

Am nächsten Tag fuhren die Kinder gemeinsam mit Herrn Fröhlich zurück auf die Insel. Der Polizist hatte eine Gehirnerschütterung und eine Platzwunde an der Stirn. Aber sonst war ihm zum Glück nichts passiert. Der Kopfverband stand ihm gut, fand Emma.

Auf Langeoog wurden die Kinder schon sehnsüchtig erwartet. Sarah und Mick konnten es kaum erwarten, ihre Nordseedetektive endlich wieder in die Arme zu schließen. „Wir haben uns solche Sorgen gemacht“, schluchzte Sarah.

Mick Janssen hob seine Tochter hoch und drückte sie fest an sich. „Zum Glück ist ja alles gut gegangen! Aber irgendwie bin ich auch stolz auf euch."
Lisa trat verlegen von einem Fuß auf den anderen. Sie sah verloren und traurig aus. Emma ahnte, was in ihr vorging. Deswegen sagte sie: „Wir bringen Lisa jetzt zu ihren Eltern. Und zwar alle zusammen."
„Gute Idee! Ich bin dabei!", rief Herr Fröhlich. „Lisa, es tut mir leid, dass ich dich verdächtigt habe, eine Diebin zu sein. Bitte entschuldige, aber das ist eben mein Job!"
Lisa lächelte verlegen. „Ist schon okay."

Als Lisa mit Familie Janssen und Herrn Fröhlich vor der Hotelzimmertür stand, schlug ihr das Herz bis zum Hals. Die Angst vor einem Streit mit ihren Eltern war groß. Herr Fröhlich klopfte und Lisas Vater öffnete. Er setzte an, um seine Tochter anzuschreien. Aber der Polizist hob die Hand.

„Stopp! Bevor Sie etwas Falsches sagen; Sie haben eine ganz wunderbare Tochter."
Auch Lisas Mutter kam nun an die Tür.
„Wir haben Ihrer Tochter unrecht getan", fuhr Herr Fröhlich fort. „Die echten Fahrraddiebe wurden heute Nacht in Bensersiel festgenommen."
Erleichtert sah die Mutter ihre Tochter an. „Stimmt das, Lisa?"
Das Mädchen hatte Tränen in den Augen. Ihre Unterlippe zitterte.
Lisas Vater sah aus, als würde er sich schämen. Er sagte: „Lisa, ich glaube, ich muss mich bei dir entschuldigen. Ich hab mich benommen wie ein Idiot."
Lukas hob anerkennend den Daumen. „Das stimmt."
Sarah Janssen stieß ihren Sohn an und zischte: „Pssst, Lukas, nicht doch …"
„Im Grunde hat Ihr Sohn ja recht", sagte Lisas Vater und schaute betreten auf den Boden.
Papa Mick wollte die Stimmung heben und schlug vor: „Darf ich zur Feier des Tages alle ins *Café Leiß* einladen?"

Lisas Vater winkte ab: „Das ist nett von Ihnen, Herr Janssen. Aber das ist jetzt, glaube ich, meine Aufgabe. Die Rechnung übernehme ich selbstverständlich! Alle können schlemmen, so viel sie wollen."
Herr Fröhlich griff sich an den Kopf. „Vielen Dank für die Einladung. Mit meiner Sommergrippe und der Gehirnerschütterung gehöre ich ins Bett. Vorher würde ich den Nordseedetektiven aber gerne noch einen Wunsch erfüllen. Ihr habt mir sehr geholfen. Gibt es etwas, das ich für euch tun kann, Kinder?"

„Ähm, also na ja … “, begann Lukas. „Da wäre tatsächlich was. Die Brennnesseln aus dem Garten von unserem Nachbarn, also die haben wir aus Versehen kaputt gemacht. Der will neue haben. Ich fürchte, das wird teuer.“

Emma verdrehte die Augen und korrigierte ihren Bruder: „O Mann, du Vollhonk. Das waren keine Brennnesseln, sondern seine heißgeliebten Rosen.“

„Ja, mein ich ja!“, sagte Lukas und grinste verschmitzt.

© Holger Bloem

Das Autorenpaar **Klaus-Peter Wolf und Bettina Göschl** lebt in der ostfriesischen Stadt Norden. Zusammen schreiben sie für den JUMBO Verlag die international erfolgreiche Kinderbuchreihe *Die Nordseedetektive*. Klaus-Peter Wolf ist zudem für seine Ostfriesenkrimis berühmt, die immer wieder die Bestsellerlisten anführen. Bettina Göschls Kinderlieder sind aus der KiKA-Sendung *SingAlarm* und der Radiosendung *Bärenbude* auf WDR 5 bekannt.

© Simon Povazan

Franziska Harvey studierte Grafik-Design mit den Schwerpunkten Illustration und Kalligraphie und ist Mutter von drei inzwischen erwachsenen Kindern. Seit vielen Jahren arbeitet sie begeistert und erfolgreich als hauptberufliche Illustratorin in Frankfurt am Main. Mit ihrem unverkennbaren lebendigen Tuschestrich hat sie bereits über zweihundert Kinderbücher bebildert. Neben der beliebten Reihe *Die Nordseedetektive* sind im JUMBO Verlag unter anderem *Romeo und Julia* und *Die wunderbare Reise nach Farbula* mit ihren Illustrationen erschienen.

Spannende Fälle mit

Buch · ISBN 978-3-8337-3382-6
136 Seiten mit vielen farbigen Illustrationen

Buch · ISBN 978-3-8337-3485-4
152 Seiten mit vielen farbigen und schwarz-weißen Illustrationen

Buch · ISBN 978-3-8337-3533
168 Seiten mit vielen farbigen
schwarz-weißen Illustrationen

Und wer lieber genüsslich zuhören möchte ...

CD Folge 1
ISBN 978-3-8337-3408-3

CD Folge 2
ISBN 978-3-8337-3502-8

CD Folge 3
ISBN 978-3-8337-3534-9

„Clevere Kids, ein herzensguter aber leicht verpeilter Vater, eine Mutter, die ständig auf Tournee ist und ein Handbuch für gute Detektive, mehr braucht man nicht für einen guten Kinderkrimi."
Veit Hoffmann, Buchhandlung Hoffmann in Achim

den Nordseedetektiven

ıch · ISBN 978-3-8337-3683-4
'6 Seiten mit vielen farbigen und
hwarz-weißen Illustrationen

Buch · ISBN 978-3-8337-3865-4
166 Seiten mit vielen farbigen und
schwarz-weißen Illustrationen

Buch · ISBN 978-3-8337-3971-2
148 Seiten mit vielen farbigen und
schwarz-weißen Illustrationen

D Folge 5
;BN 978-3-8337-3684-1

CD Folge 6
ISBN 978-3-8337-3895-1

CD Folge 7
ISBN 978-3-8337-4022-0

„Logisches Denken, die richtigen Schlüsse ziehen, handeln: spannende Spurensuche für Nachwuchsdetektive."
yango family über *Die Nordseedetektive. Das geheimnisvolle Haus am Deich*

Buch • ISBN 978-3-8337-4137-1
164 Seiten mit vielen farbigen und schwarz-weißen Illustrationen

Buch • ISBN 978-3-8337-4293-4
172 Seiten mit vielen farbigen und schwarz-weißen Illustrationen

Buch • ISBN 978-3-8337-4457-
ca. 160 Seiten mit vielen farbig
und schwarz-weißen Illustratio

CD Folge 8
ISBN 978-3-8337-4151-7

CD Folge 9
ISBN 978-3-8337-4307-8

CD Folge 10
ISBN 978-3-8337-4458-7

„Das Buch ist eine grandiose Kriminalgeschichte, die durch und durch spannend und fesselnd geschrieben ist." AJuM der GEW
über *Die Nordseedetektive. Das geheimnisvolle Haus am Deich*

uch • ISBN 978-3-8337-4618-5
.0 Seiten mit vielen farbigen
nd schwarz-weißen Illustrationen

Buch • ISBN 978-3-8337-4763-2
ca. 144 Seiten mit vielen farbigen
und schwarz-weißen Illustrationen

Buch • ISBN 978-3-8337-4575-1
ca. 144 Seiten mit vielen farbigen
und schwarz-weißen Illustrationen

D Folge 11
.BN 978-3-8337-4619-2

CD Folge 12
ISBN 978-3-8337-4768-7

CD ISBN 978-3-8337-4620-8

JUMBO
Neue Medien & Verlag GmbH
Henriettenstr. 42 a • 20259 Hamburg
jumboverlag.de • info@jumbo-medien.de
facebook.com/jumboverlag

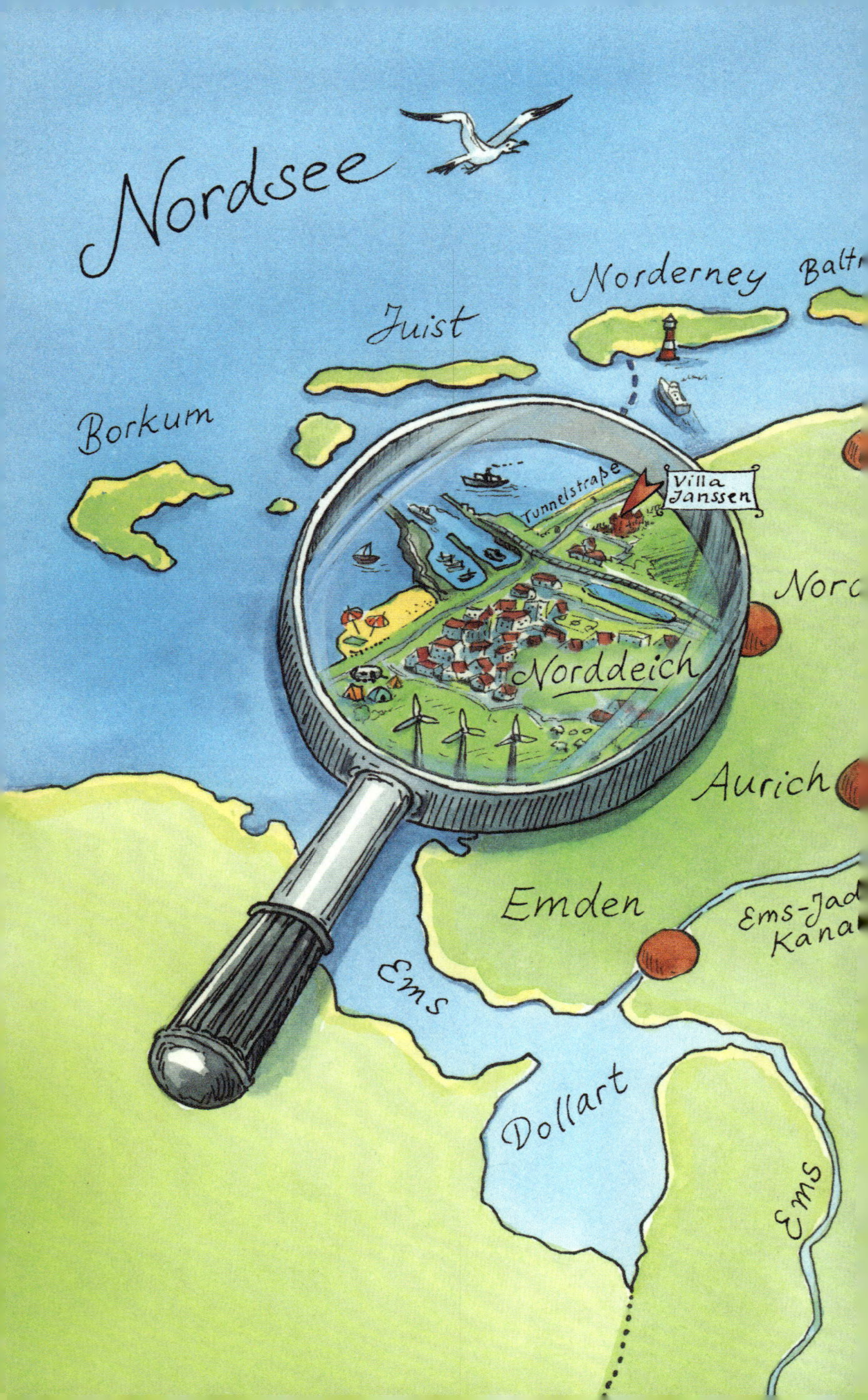

Nordsee
Norderney
Balt
Juist
Borkum
Tunnelstraße
Villa Janssen
Norc
Norddeich
Aurich
Emden
Ems-Jad
Kana
Ems
Dollart
Ems